鈴木暁＋森佳子✢監訳
石阪さゆり＋嶋田貴夫＋清水佳代子＋山本一朗✢訳

モーパッサン 残酷短編集

梨の木舎

モーパッサン残酷短編集　目次

Ⅰ　マロカ――アルジェリアの女……5
Ⅱ　モン＝サン＝ミッシェルの伝説……23
Ⅲ　ためしてはみたけれど……33
Ⅳ　ベルト……53

Ⅴ ロバ …… 71
Ⅵ 猫——アンティーブ岬にて …… 89
Ⅶ 通夜 …… 103
あとがき …… 112

付録【実践的翻訳論】どう読みどう訳すか
監訳者＋訳者紹介

II　マロカ——アルジェリアの女

マロカ――アルジェリアの女

ぼくが長い間魅了されてきたアフリカの大地、その印象や出来事、中でも女性遍歴について手紙に書いてくれ、と君は言っていた。君は以前、ぼくのアフリカ好き、君の言うところの、黒人への愛着を随分笑っていたね。その時、黄色いスカーフをまとい、派手な衣装を着て、激しく体を揺らせた大柄な黒人女を、ぼくが連れて帰る様子を君は目に浮かべていたのだ。

多分、黒人女の出番もあるだろうと思う。というのも、すでにあの真っ黒な肌に耽溺したいと思わせる対象をいくつか見ているから。けれども、ぼくは最初から、実に素晴らしく、とても風変わりな経験をしたのだ。

最近の手紙の中で君はこう書いていた。「ぼくなら、どの国でも人々の愛のかたちがいかなるものか知っていれば、実際に現地に行かなくともその国について詳しく語れるのだ」、と。言っておくが、この土地の人間の愛情表現は激しいことこの上ない。最初の日から、燃えたぎるような激しい熱気を感じる。感情が高まり、突如として欲望が張りつめ、興奮が指先にまで流れていくような気分に襲われる。このため、単に手を握る行為から、数々の愚行を引き起こすあの言葉にできない欲情に至る、恋する力と感覚器官の全ての能力が極端なまでに高まるのだ。

誤解を避けるために、はっきりさせておこう。いわゆる心の愛だとか魂の愛、ロマンティックな理想主義、要するにプラトニックラブが、この空の下に存在し得るのかどうか知らない。ぼくにはちょっと信じられない。一方、もうひとつの愛、すなわち肉体的な愛は悪くないし、実際かなりいいと思うのだが、この風土ではこちらのほうは本当に凄まじい。うだるように暑く、常に燃えるような空気のために軀が火照ってくる。南方からの風は息苦しく、大砂漠の火の海が近くに迫っている。重々しいシロッコ（熱風）が火災よりも甚大な被害をもたらし、大地を乾燥させる。巨大な太陽が石までも焼き尽くし、大陸全体は絶えず火事で燃えているようだ。こうして、この地にいる人間は、血をたぎらせ、肉体は狂乱状態に陥り、動物と化してしまう。

そろそろ本題に入ろう。アルジェリアに滞在してから間もない頃のことは何も語らないでおこう。ボーヌ、コンスタンチーヌ、ビスクラ、セティフを訪れた後、シャベ渓谷を経て、ブージーへとやってきた。途中、カビール地方の森林を貫く、他所では決して見られないような道を通った。その道は、海岸線に沿って高さ二百メートルの断崖から海を見下ろしながら、高い山の張り出した裾野を巻いて蛇行し、ブージー湾まで続いている。ブージー湾は、ナポリ湾、アジャクシオ湾、ドゥアルヌネ湾をはじめとする、ぼくが最大級の賛辞を捧げる各地の湾に匹敵するほど素晴らしい。ただし、コルシカ島西岸のポルト湾だけは別格だ。そこは赤い花崗岩に取り囲まれ、ピアナの〈カランシュ〉と呼ばれる奇怪な形をした真っ赤な巨石が屹立しており、この世のものとは思われない。

穏やかな水面の大きな入り江をぐるりと回る前に、はるか遠くからブージーの町を見渡すことができる。木々に囲まれた、山の険しい斜面の上に築かれた町であり、緑の斜面に白い点が浮き出ている。海に落ちる滝の泡のようだ。

この小さな美しい町に足を踏み入れた途端、ここには長く滞在することになるだろうと思った。鉤型でギザギザに入り組み、角のように尖った、奇妙な形をした山々が、円形状に連なっているのがいたる所から一望できた。山々に囲まれているため、広々とした海が視界に開けることはない。湾といってもまるで湖のようだ。海は青く、乳白色に近い青であり、非常に透明度が高い。空は青く、絵具を重ねたような紺碧の空が広がり、目が覚めるような美しさを湛えている。海と空は互いにその姿を映し出し、反射し合っているように見える。

ブージーは遺跡の町だ。岸壁に着くと、壮大な廃墟に出くわす。まるでオペラの舞台のようだ。かつてはサラセン人の城門であったが、今ではツタがはびこっている。旧市街付近の起伏の多い森の中には、いたるところに遺跡が残っている。ローマ時代の崩れた城壁、サラセン人の歴史的建造物の名残、アラブ風の建物の残骸がある。

ぼくは高台にムーア様式の小さな家を借りていた。この種の家については、よく書かれているので君も知っていることだろう。家屋の外側に窓はないが、中庭に日差しが入るおかげで、上下階とも光を採り込むことができる。昼間は涼しい二階の大部屋で過ごす。屋上にはテラスがあり、夜はそこで過ごす。

ぼくは熱い国の習慣にすぐに馴染んだ。昼食の後に昼寝をする習慣だ。アフリカのむしむしと暑い昼下がり。息をすることもできない。通りや原っぱ、眩しくて目のくらむ、遠くまで伸びた街道には人影一つない。誰もができるだけ薄着して寝静まっているか、少なくとも眠ろうとしている時間帯である。

ぼくはアラブ建築の円柱のある部屋に、アムール山岳地方原産の絨毯を掛けたふかふかのソファーを備えつけていた。ミュッセの詩の主人公、アサンのような恰好をしてその上に寝転がった。だが禁欲的な生活に我慢しきれず、ほとんど休むことはできないのだった。

ああ、君には経験してもらいたくない拷問に等しい苦しみがこの世に二つ存在する。一つは水がないこと。もう一つは女がいないことだ。どちらのほうが身にこたえるだろうか。ぼくにはわからない。人は砂漠にいれば、コップ一杯の澄んだ冷たい水のためなら、どんな卑劣な行為もしでかすではないか。海岸沿いの町のみずみずしい健康的な女を獲得するためなら人は手段を選ばない。アフリカに女がいない訳ではないのだから。それどころか女は溢れるほどいる。

しかし、女を水にたとえて言うなら、女は皆、サハラ砂漠の泥水のように身体に悪く、腐っている。

ところである日、普段よりも悶々としていたのだが、徒労だと知りつつぼくは目を閉じようとした。両脚が内側から針で刺されたように震えていた。ぼくは敷物の上で終始激しい不安に悶え苦しんだ。ついに耐えられなくなって起き上がり外に出た。

猛烈に暑い七月の午後だった。道の敷石はパンが焼けそうなくらい熱くなっていた。瞬く間に汗だくになり、シャツが軀にはりついた。やがて地平線上に白い靄が漂った。明らかに暑さのために発生したと思われるシロッコの焼けるような靄である。

ぼくは海岸近くまで下りていった。港をぐるりと回り、海水浴場のある美しい入り江伝いに堤防を歩いていった。雑木林と強い芳香を放つ背の高い樹に蔽われた、切り立った山は、この入り江を、弧を描くように取り囲んでいる。海岸沿いにある大きな褐色の岩が海の水に浸かっている。

誰もいない。何も動かない。動物の鳴き声は聞こえず、飛ぶ鳥もいない。物音一つしない。海のざわめきすら聞こえない。それほどに海はじっと動かず、太陽の下で眠っているようだった。しかしこの刺すように暑い場所で、火がめらめらと燃えている音が聞こえたような気がした。

突然、静寂な海の水に半分まで浸かった岩の陰に、微かな動きが感じられた。振り向くと、猛暑のこの時間帯に自分一人だと思ったのだろうか、一人の大柄な女が一糸纏わぬ姿で水浴びをしているではないか。女は胸の辺りまで水に浸かっていた。ぼくの方は見ずに、外海の方を向いてゆっくりと跳ねるように歩いていた。

これほど思いがけない場面に遭遇したことはない。目もくらむような太陽の下で、ガラスのような透明な海に一人の美しい女がいるとは。まさに絶世の美女であり、背は高く彫像のように均整の取れた体つきをしていた。

女は振り返り、アッと叫び声をあげた。泳いだり歩いたりしながら離れていき、岩陰に完全に身を隠した。

いつかは陸に上がってくるはずなので、ぼくは堤防に座って待つことにした。しばらくすると女はそっと顔を見せた。ボリュームのある黒髪をぞんざいに纏め上げていた。口は大きく、ふくよかな唇は反り返っている。物怖じしそうにない大きな目をしている。気候の影響でいくぶん褐色になった肌は、古い象牙のように引き締まり、なめらかである。黒人が浴びる太陽のために日焼けした、美しい人種の肌であった。

女はぼくに向かって叫んだ。「あっちへいってちょうだいな」　女はその全身を体現するような、少し強めのよく響く声をしていたが、喉の奥の方から声を出しているようだった。

ぼくはじっとしていた。女は続けて言った。「そんなところにいるゥのはよくないわァ」　四輪車のように回転する巻き舌で言った。そう言われてもぼくは動かなかった。すると女の頭がふっと視界から消え去った。

十分間ほど経過した。すると、女は髪の毛、額、次いで両目をゆっくりと用心深そうに現した。かくれんぼをする子供が、自分を探す鬼の様子をうかがっているようだった。

女はこの時はさすがにむっとしているようだった。「あんたのせいで風邪をひいてしまうじゃないの。あんたがそこにいる限り、あたしは動きませんからね」ぼくはようやく立ち上がり、その場を離れた。後ろをちらちらと振り返りながら。ぼくが遠くまでいったと判断すると、女は少し屈み込み、私から腰を背けて水から上がった。そして岩場の穴に姿を消した。穴の入り口にはスカートが吊り下げられていた。

翌日ぼくはまたやってきた。その時も女は水浴びをしていたが、しっかりと水着を着用していた。女は輝く歯を見せて嗤いだした。

一週間ほど経つとぼくたちは友達になった。更に一週間すると一層親密になっていた。

女の名はマロカ。おそらくニックネームだろう。女は自分の名をロの音が十五個も並んでいるかのように巻き舌で発音した。スペイン系入植者の娘であり、ポンタベーズという名のフランス人と結婚していた。夫は役所勤めをしていたが、具体的にどういった職種に就いているのかわからなかった。夫が極めて多忙な身であったことは確かで、それ以上のことは詮索しなかった。

女は水浴びの時間を変え、ぼくが昼飯をすませた後、家に昼寝しにやってきた。なんて昼寝だ！　それで体が休まるならば！

本当に素晴らしい女だった。少し野性的なタイプだが、それにしても美しい女だ。瞳はいつも情熱で輝いていているように見えた。わずかに開いた口から覗く歯は鋭かった。笑みを浮かべただけで、何かしら凶暴な官能性が感じられた。胸の形は奇妙で、細長く真っ直ぐに突き出ている。まるで洋梨のように尖っており、中に鉄のばねを隠しているかのように弾力性がある。このため、動物質の軀の、ある種の下等だが美しい生物、乱れた愛のために生まれてきたような女に思われた。ぼくは思わず、みだらな古代の神々が、草叢の中で自由奔放に愛撫し合う姿を空想した。

これほど飽くなき欲情を内に秘めた女はかつていなかった。執拗な情熱で、歯ぎしりをし、身悶え、噛みつき、うめき声をあげながら愛撫した挙句、死んだような深い眠りに落ちた。ところが突然ぼくの腕の中で目を覚まし、口づけで喉を膨らませると、再び抱擁に身を任せる準備がすっかり整っているのだった。

女の頭の構造は、二足す二が四となるように単純そのものであり、考えを言葉で表現することをせずに、甲高い笑い声をあげた。

本能的に自分の美しさを誇らしく思っているため、軀を隠すものが少しでもあるのがいやでたまらなかった。自分では意識することなく、大胆に恥かしげもなく、家中をぐるぐると走ったり、跳ね回ったりした。愛を貪り尽くすと、疲れ果てて叫び声を上げることも動くこともやめ、ぼくの傍でソファーに横たわり、深く穏やかに眠り込んだ。寝ている間、耐えがたい暑さのため、日に焼けた肌から玉のような汗が噴き出し、女の軀、頭の下に置いた両腕、その秘めた部分の全てから、男が喜びそうな野獣の香りを発散させた。

どこにいるのか知る由もないが、夫が勤務中で不在の時、女は晩に訪れてくることもあった。そんな時はオリエント風の薄いゆったりとした布地を少しはおっただけで、二人して屋上のテラスで寝そべった。

熱い国を照らし出す巨大な満月が空に浮かび、町と山々に取り囲まれた湾を明るくしていた。他の家々のテラスでは、まるで物言わぬ亡霊の数々が、穏やかな空のけだるい生あたたかさの中で、時折起き上がっては位置を変え、また横になっているようであった。

マロカはアフリカの夜の輝きなど気にせず、明るい月光の下でも裸体をさらすことに執着した。人に見られているかも知れないことなどほとんど気にかけず、ぼくがしきりに心配し、やめるよう懇願するにもかかわらず、夜の静けさの中に遠く叫び声を響かせ、それを受けて遠くで犬の鳴き声がした。

夜まどろんでいると、天空には満天の星がきらめいていた。マロカはぼくの敷物に跪き、反り返った大きな唇をぼくの口に近づけてきた。

「あんた、あたしのところに泊まりにこないといけないわ」

ぼくには何を言われているのか理解できなかった。

「何だって。君の家にこいだって」

「うちの人が出かけていない時に、あんたがきて代わりに寝ればいいの」

ぼくは思わず笑ってしまった。

「どういうことかな。君がぼくの家にくるのだからいいじゃないか」

喉の奥から出てくる熱い息を吹きかけ、ぼくの髭を息で湿らせながら、マロカはこう言った。

「思い出作りにいいじゃなアい」

女は巻き舌で長く伸びた、急流が岩に砕ける時の轟音のような声を響かせた。

ぼくにはマロカが何を思っているのか全くわからなかった。彼女はぼくの首に腕を回して言った。

「あんたがいなくなってしまったら、あんたのことを想うわ。そうすれば、うちの人を抱いている時にも、それがあんただと思えるからさア」

女の巻き舌が慣れ親しんだ雷鳴の音のように感じられた。

ぼくは心動かされ、とても楽しくなってきてこう呟いた。

「ばか言うなよ。ぼくは自分の家にいるほうがいいよ」

はっきり言って、ぼくには他人の夫婦の家で密会するなんて趣味はなかった。間抜けな輩が取り押さえられる現場にわざわざ出向くようなものではないか。だが、マロカは何度も懇願し、最後には涙を見せた。「あたしがあんたのことをどれだけ好きだかァわかっているゥだろう」その「好きだかァ……」という言葉が、攻撃の合図を知らせる太鼓のドコドコとした音のように響いた。

マロカはの思いが余りに突飛なので、ぼくには全く理解できなかった。しかしよく考えてみると、夫に対して何か深い恨みを抱いており、自分が嫌う男を裏切ることに無上の悦びを感じ、しかもそれを男の家のベッドの中で実行したいと思う女の密やかな復讐心の表れではないかと思われるのだった。

ぼくはマロカに訊いてみた。

「旦那は君に意地悪なのかい」

彼女は気分を損ねた様子でこう言った。

「とんでもない。とっても優しいわよ」

「でも君のほうは旦那のことが嫌いなんだろう」

女は驚いて目を大きく見開き、ぼくをじっと見つめた。

「好きだよ。とっても。でもあんたほどじゃないの」

ぼくには少しも合点がいかない。言いあてようとすると、マロカは自分でも効き目があると知っていて、ぼくの口に唇を押しつけてきた。そしてこう囁いた。

「きてね。いいでしょ」

それでもぼくは抵抗した。すると女は服に着替え、出ていってしまった。

マロカは一週間ほど姿を見せなかった。その後ようやく姿を現わし、真剣な表情でぼくの部屋の入口に立ち、尋ねた。

「今晩、家に泊まりにおいでよォ。こないならもうこれっきりだからね」

友よ、この一週間は本当に長かった。殊にアフリカでは、一週間はゆうに一ヵ月に相当した。ぼくは、わかったよ、と言い、両腕を広げた。女は飛び込んできた。

女は夜、近くの通りで待ち受けていて、ぼくを案内してくれた。

マロカは港近くの小さな軒の低い家に夫と住んでいた。まず夫婦が食事をする台所を通り抜け、漆喰で白く塗られた部屋へ入っていった。部屋は清潔で壁には両親の写真が飾ってあり、裸電球の下には紙でつくられた造花があった。マロカは喜び勇んでいた。「あんたが家にきてくれた。ここはあんたの家なんだ」と言って飛び跳ねた。

実際、ぼくは自分の家にいるつもりで振舞った。

ぼくは少々気詰まりだった。正直に言うと不安な気持ちになっていた。他人の家でろくに服を着ていない男など、不意をつかれるとぎこちないと同時に滑稽であり、全く身動きが取れなくなる。最後まで脱ぐのを躊躇していたが、マロカはぼくの服をむりやり剥ぎ取り、他の衣類と一緒に隣の部屋に持っていってしまった。

やっと落ち着きを取り戻し、ぼくは全力でそのことを証明した。だから二時間経っても一休みすることなど考えなかった。するとその時、玄関の戸を叩く音がし、ぼくたちはびくりと身震いしたのだった。男の大きな声がした。「マロカ、俺だ」

マロカは跳びはねた。「うちの人だわ！　早く、ベッドの下に隠れて」　ぼくは狼狽してしまい、ズボンを捜し求めた。しかし、彼女は息を切らし、ぼくを押し込んだ。「さあ、さあ隠れて」

ぼくは仰向けになり、文句を言わずにベッドの下にもぐり込んだ。ベッドの上は非常に快適だったのであるが。

マロカは台所へいった。引出しを開閉する音が聞こえ、ぼくには見えないが何かを持って戻ってきた。それを勢いよくどこかに置いた。夫が辛抱しきれなくなると、マロカは大きな、しかし落ち着いた声で言った。「マッチが見当たらないのよォ」　そして突然、「あったわ、いま開けるわね」と言い、ドアを開けた。

男が入ってきた。ぼくには男の両足しか見えない。随分と大きな足だ。背丈が足の大きさに比例しているとすれば、大男に違いない。

何度かキスする音が聞こえた。裸体をぴしゃりとたたく音がし、笑い声がした。男はマルセイユ訛りでこう言った。「財布を忘れちまってよォ。仕方ねえから戻ってきた。でなきゃおめえもぐっすり眠れたのによォ」　男は整理たんすのほうへいき、長い間必要なものを探していた。マロカは疲れきったようにベッドの上に伸びていた。夫が戻ってきた。恐らくマロカを抱こうとしたのだろう。彼女は怒った調子で夫に言葉を浴びせた。

男の足が本当に近くにあったため、そっとその足を撫でてみたいという、ばかげた説明しようのない気持ちに襲われた。しかしぼくはじっとこらえた。

夫は自分の思い通りにならないのでむっとしていた。「おめえ、今日はご機嫌斜めなんだな」夫は仕方がないと思いあきらめた。「じゃあ、またな」　またキスの音がした。大きな足が向きを変え遠ざかる時、靴底の釘が見えた。男は隣の部屋へと行った。そして通りに面したドアが閉まった。

助かったぞ！

ぼくは隠れていた場所からそっと出てきた。しがないというか哀れというべきか。一方、マロカはずっと裸でいて、大笑いし、手を叩きながらぼくの周りで激しく踊っていた。ぼくは思わず椅子の上にどんと腰掛けてしまった。しかしはっとして立ち上がった。冷たいものがお尻の下に隠れていたのだ。ぼくはマロカと同じくほとんど服を着ていなかったので、何かが触れた感じがした。ぼくは振り向いた。

ナイフのように研がれた、小さな薪割り用の斧の上に座っていたのだった。なぜこんなところに置かれているのだろう。部屋に入った時は見かけなかったのに。

マロカはぼくが跳びあがったのを見て、両手で腹を抱え、笑いたくなるのをこらえていたが、やがて叫び声を上げ、咳込んだ。

彼女の喜びようは場違いであり、ぶしつけだと感じられた。ぼくたちはばかなことをして身を危険にさらしたのだ。まだ背筋がゾッとしていた。この気違いじみた笑いがぼくには少し不愉快であった。

「もし君の旦那に見つかっていたら」ぼくはマロカに聞いた。

「心配ないよ」、というのが彼女の返事だった。

なに心配ないだって！　信じられない。少し身をかがめただけで見つかってしまうではないか。

マロカは笑うのをやめた。新たな欲情を芽生えさせる大きな目で、ぼくをじっと見ていた。

「うちの人は身をかがめることはなかっただろうさ」

ぼくはこう言い張った。「例えば、もし君の旦那が帽子を床に落としたとしたら、当然その帽子を拾うことになるだろう。そうすれば……ぼくはこんな恰好でいて、ただじゃすまないぞ」

マロカはぼくの肩に丸みをおびたたくましい腕を差しだし、優しげな調子で話しかけてきた。まるで「大好きよォ」と言っているかのように。「だからァ。うちの人が起き上がることはなかっただろうって」

ぼくにはさっぱり理解できない。

「いったいどういうことなのか」

マロカは茶目っ気たっぷりにウインクし、ちょうどぼくが座っていた椅子のほうへ手を伸ばした。ぴんと伸ばした指、頬の皺、わずかに開いた唇、尖った凶暴な白い歯、これら全てが、鋭利な刃を光らせた薪割り用の小さな斧を指していた。

マロカはその斧を持つ仕草をした。そして、左腕で腰をぼくの腰にぴたりと合わせてぼくを引き寄せ、右腕で跪いた男の首を斬る動作をしたのだ！

君、こういうことなのだ。この話から、夫婦間の義務、愛情そして手厚いもてなしが、この国ではいかなるものなのか理解できるだろう。

III　モン＝サン＝ミッシェルの伝説

モン＝サン＝ミッシェルの伝説

私は最初それをカンカルから見た、海中に根を張ったあのおとぎの城を。私はそれを見るともなしに見たのだった、それは霧の立ちこめた天空に聳える灰色の影だった。

こんどはアヴランシュから見た、夕暮れ時だった。広範な砂浜が赤かった、地平線が赤かった、広大な入江が見渡す限り赤かった。ただ一つ修道院だけは、鋭く切り立ち、陸地から遥か彼方に遠ざけられ、幻想的な城館の風情を漂わせつつ、夢の宮殿さながらに見る者に驚異を与え、この世のものとは思えないほどに異色な美しさをたたえながら、殆ど黒いまま落日の深紅の中に佇んでいた。

翌日の夜明けを待って、砂浜を渡り修道院に向かった。視線はこの途方もない傑作に釘付けだった。雄大なこと山のごとし、彫りの繊細なことカメオのごとし、薄く透きとおることモスリンのごとし。近づけば近づくほど、寄せる思いはいっそう募るばかりであった。これ程に意表を突くもの、これ以上に完璧なものがこの世に他にあろうとはとても思えないからだった。

そして私は、あたかも神の棲家を見つけだしでもしたかのように、息を呑む思いで歩き回った。細い円柱とどっしりとしたそれに支えられたいくつもの広間を横切り、明り取りのある回廊を通り抜けながら､目を上に向ければ空に向かって放たれた火矢を思わせる鐘楼に声を呑み、小型の塔や吐水口の怪物像、繊細で心奪う彫刻群、石に彫られた花火の絵柄、御影石の透かし彫りなど、壮大にして細やかな建築美の信じがたい絡み合いにただ見とれていた。

我を忘れてたたずんでいるところへ、低地ノルマンディの農夫が近づいてきて、サン＝ミッシェルとサタンとの大いなる争いについて、私に話を聞かせてくれた。

さる天才的懐疑論者が「神は自らの姿に似せて人間を創造したが、人間のほうも負けず劣らず様々な神を創造した」と述べた。

この言葉が、未だに変わることのない一つの真理を原点としていることを思えば、各大陸の氏神伝説を話にまとめてみることは、わが国の各地方の守護聖人の伝説を話にまとめてみることと併せて、大いなる関心事たりうるであろう。黒人が人食い人種という残忍なものを偶像として崇拝していたり、一夫多妻のイスラム教徒は女たちをハーレムにかこっていたりする。古代ギリシャ人だって、実践的な人々に相応しく、全ての情熱を神格化していた。

フランスの村々は、村人の姿を装った守護聖人の保護の下に置かれていた。

然るに、サン＝ミッシェル聖人は、光り輝く勝利の天使、剣を掲げる天の英雄、天界の勝者、サタンの支配者として、低地ノルマンディを守護していた。

前置きはこれぐらいにして、抜け目なく、ずる賢いうえに、陰険でうるさがたの低地ノルマンディ人が、偉大な聖人とサタンとの戦いを、どのように理解しどのように話してくれたか、それを以下に記そう。


《隣人サタンの魔の手が及ばないところに身を置くために、サン=ミッシェルは海中に大天使にふさわしい棲家を自らの手で建てたのです。確かに、あの天使だからこそ、このような豪邸を建てることができたのです。しかしサタンが近づいてくることをなおも嫌い、海水よりいっそう危険な流砂をもって邸を囲みました。

サタンのほうは丘の上の粗末な藁葺き屋根の家に住んでいました。しかしながらサタンは、塩水に洗われる牧草地、豊かな収穫が実を結ぶ美しくも肥沃な土地、恵まれた渓谷や実り多い葡萄畑など全てを我が物にしていました。

サン=ミッシェルが、砂浜の上にだけ勢力を及ぼしているに過ぎないというのにです。サタンは裕福でしたが、サン=ミッシェルは物乞いのように貧しかったのです。

食うや食わずの数年が過ぎ、サン=ミッシェルはそんな暮らしに耐えきれなくなりました。そこでサタンと契約を結ぼうと考えました。しかしことはそう簡単には運びませんでした。サタンが収穫に執着を持ったからです。

サン＝ミッシェルは、半年の間考えに考え、ある朝陸に向かって歩きだしました。

サタンは戸口でスープを飲んでいましたが、聖人に気づいてすぐさま出迎えに飛んで行きました。そして聖人の袖口に接吻すると家に招き入れ、冷たい飲み物を差し出しました。

碗一杯のミルクを飲み干してから、サン＝ミッシェルは話を切り出しました。

「お前さんに耳寄りな話を持ってきたんだがね」

お人好しのサタンは、疑うようすもみせずに答えました。

「ありがたいことです」

「ほかでもないが、お前さんの土地を全部わしに任せてほしい」

サタンは不安になり、何か言おうとしました。

「でも……」

聖人は続けました。

「まあ聞いておくれでないか。お前さんが土地を全部任せてくれたら、後はわしが引き受けようじゃないか。費用から農具の手入れ、畑仕事、種まき、施肥まで、一切合切わしが引き受けよう、とれたものは折半ということで、どんなもんだろうか？」

サタンは生来怠け者なので、申し出を受け入れました。ただサタンは、聖人の邸の周辺で獲れるあの美味しい魚ヒメジを少しばかり欲しいのだがとだけ付け加えました。サン=ミッシェルは魚を約束しました。

二人はがっちり握手を交わし、取引が成立したことを示すために、脇に唾を吐きました。

そしてサン=ミッシェル聖人はさらに話を続けました。

「そこでだ、後で恨まれてはかなわんから、お前さんが好きなほうを選んでおくれでないか？ つまりだね、収穫した物のうち、地上にできるほうを取るか、地中にあるほうを取るかということなんだがね」

サタンは叫びました。

「地上にできるほうにします」

「そうかい、わかった」と聖人は言いました。

そして城へと帰っていったのです。

さて半年後、サタンの広大な土地には、ニンジンやカブ、タマネギにゴボウなど、肥えた根が美味しくて風味のよい野菜だけが育ちました。葉っぱなどは、せいぜい家畜の餌にしかなりません。

サタンには何も収穫がありませんでした。サタンはサン=ミッシェルを《ペテン師》呼ばわりして、契約を破棄しようとしました。

しかし聖人は畑仕事が気に入ってしまったのです。そこで、しばらくしてサタンのところへ再びやってきました。

「誓って言うんだが、こんな結果になるとはちぃっとも考えていなかった。こんなことになってしまったが、わしが悪いわけではない。この埋め合わせに、今年はお前さんが地中にできるものを全部とることにしたらどうだろうか？」

「ありがたいことです」とサタンは答えました。

翌年の春には、たわわに実った小麦、小鐘形に実った大粒の燕麦や亜麻、見事な菜種に赤つめくさ、えんどう豆やキャベツ、そしてアーティチョークなど、すべて太陽の下で生育する粒や実が、サタンの畑を覆い尽くしました。

サタンはまたもや収穫がありませんでしたので、カンカンに腹を立てました。すぐさま牧草地や畑を奪い返し、隣人のどんな申し入れにもいっさい耳を貸そうとしませんでした。

丸一年が過ぎました。サン＝ミッシェル聖人は、彼方の肥沃な土地を遠く離れた邸の高みから見おろしながら、サタンが畑仕事を取り仕切り、収穫をし、麦打ちをしている姿を眺めていました。すると、サン＝ミッシェルは腹が立ってきました、自分自身の無力さに苛立ちをおぼえたのです。サタンをもはや騙すことはできませんから、その腹いせをしてやろうと心に決めました。早速、次の月曜日にサタンを昼食に招くことにし、誘いに出かけました。

「お前さんはわしとの取引では気の毒をしたなあ。それはよくわかっているとも。しかしお前さんとわしとの間に恨みごとが残るようではまずいと思うんだよ。だからお前さんを食事に招待したいんだがね。美味しい物をご馳走してあげようと思ってるんだよ」、とサン＝ミッシェルは言いました。

サタンは怠け者のうえ、食いしん坊だったので、すぐさま承諾しました。そして当日一番上等の物を身に着け、邸へ出かけて行きました。

サン＝ミッシェルはサタンを豪華な食卓に座らせました。まずは、ソーセージ用ひき肉の揚げ団子を添えた、鶏冠と雄鶏の肝臓がたっぷり詰まった軽焼きパイがふるまわれました。次いで、二匹の太ったヒメジのクリームソース煮、葡萄酒漬けの栗を一杯に詰めた上等の七面鳥、そして海水に洗われた牧草で育った羊の、菓子のように柔らかな腿肉。さらに口の中でとろけるような野菜料理、バターの香りを広げながら湯気を立てている熱々の美味しそうな丸いパイ菓子と続きました。

両人は発泡性で甘口の、混じりけのない林檎酒や度数の強い赤葡萄酒を飲み、食事の合間合間に年代物の林檎の火酒をたっぷりと飲んで腹ごなしをしました。

サタンはたらふく飲み食いしたあげく、正体をなくしてしまいました。

そのときのことです。サン＝ミッシェルは居丈高に立ち上がり、雷のような声で叫んだのです。

「わしの前で！　このわしの前で！　無礼者め！　よくもそんな……御前ぞよ！」

泡を食ったサタンは逃げ出しました。聖人は棒切れをつかんで追いかけました。

両人は天井の低い広間をいくつも走りぬけ、石柱の周りをグルグルと駆け回り、外階段を駆け上がって行きました。壁や柱の蛇腹模様に沿って駈けずり回り、吐水口の怪物像から怪物像へと飛び移り、哀れサタンは胸がむかつき、聖人の城を汚しながら逃げ続けました。そしてとうとう、城の最上階のテラスに登りつめてしまったのです。そこからは遠くの村、砂浜、牧草地、広大な入り江などが見渡せます。サタンにはもはや逃げ場はありませんでした。そこで聖人は背中に強烈な足蹴りを加え、サタンを空に向かってボールのように蹴飛ばしたのです。

サタンは投げ槍のように瞬く間に空中に姿を消し、モルタンの町の手前に地響きをたてて落ちて行きました。額の角と手足の鉤爪は岩山深くめり込み、サタン落下の痕跡は永遠にかの地に残されることになりました。

サタンは起き上がりましたが足をひきずっていました。終生、不自由をかこつ身となってしまったのです。そして夕暮れの中、尖った山のようにそそり立つ宿敵の城をはるか彼方に見やりながら、この理不尽な戦いに勝ち目などありえないことを悟ったのです。やむなくサタンはその宿敵に田畑や葡萄畑、渓谷や牧草地を残して、足を引きずりながら遠い国を目指して立ち去ったのでした。

これがノルマンディ人の守護聖人、サン=ミッシェルが、サタンを如何に打ち負かしたかという物語です。》

他所の地の民なら、この戦いに異なった思いを重ねたことでしょう。

（一八八二年十二月十九日）

IIII ためしてはみたけれど

ためしてはみたけれど

I

仲のよい夫婦といえばボンデル夫妻がいる。そうは言うものの、たまには夫婦喧嘩をすることがある。つまらないことで言い合いを始めたかと思えば、いつのまにか仲直りしている。

かつては商人だったが、地味な暮らし向きを守って生活するならば十分足りるだけの蓄えを手にすると、ボンデルは仕事を退いた。そして、サン＝ジェルマン＝アン＝レーに小さな家を借りて、かみさんとそこに居を構えた。

もの静かな男だ。考えることは地についている、しかし実行にいたるまでが容易ではない。教養があり、お堅い新聞を読んでいるわりに、世俗の感性も大事にしている。判断力に恵まれ、考えることには筋が通っている。さらに、機を見るに敏なフランス中産階級の代表的長所、すなわちあの実践的良識なるものを備え、多くを考えない分きちんと考え、方針を決断するにしても、本能が確かだと折り紙をつけてからでなければ、それを方針として採用しない。中肉中背、頭髪が白くなり始めた、顔つきの上品な男だ。

かみさんは、一目おかなければならない長所も数多くあるが、何がしかの欠点もある。性格が怒りっぽく、遠慮のない振る舞いは暴力と見紛うばかり、さらには無類の頑固者、そんなところから人に癒しがたい恨みを抱いてしまうことがある。かつては容姿端麗だったが、しだいに太りすぎて赤ら顔もかなり進んできた。それでもまだ、このサン＝ジェルマン＝アン＝レー界隈では、とっつき難いところはあるが健康そのものの、たいそうな美女だということになっている。

夫婦のいさかいは、十中八九、朝食時のたわいのない口論がきっかけで始まり、結局夕方まで、しばしば翌日まで、お互い腹の蟲が収まらないままだったりする。単調で狭い範囲の生活だから、極くささいな胸のつかえまでが深刻なものになってしまったり、どんな話題も口論の種になってしまうようなところがある。以前はそんなことはなかった。なんといっても二人は商いに専念し、お互い悩みを分かち合っていた。だから両人の気持ちはごく近いところにあった。いつも連帯感の中にどっぷりつかり、共通の利益を一緒に追いかけていた。

ところがサン＝ジェルマン＝アン＝レーへ越してきてからというもの、人と会う機会が少なくなってしまった。知り合いを作りなおさなければならないうえ、なじみのない人たちの間で仕事ぬきの全く新しい生活を一から始めなければならなくなった。同じことの繰返しにすぎない日常は平板で、二人をいささかとげとげしくしてしまったというわけだ。静かな幸せを望み、そんなものはたやすく手に入るだろうと期待めいたものを持ってはいたのだが、思うようにはならなかった。

六月のある朝、夫婦が食卓についてまもなく、ボンデルが尋ねた。

「おまえ、あのベルソー通りのはずれにある赤く塗ったかわいい家の夫婦を知ってるかい」

かみさんは、寝起きが悪かったのか、こう答えた。

「はいともいいえとも言えるわ。知ってはいるのよ。ですけど進んでお付き合いする気はありません」

「どうしてだい？　なかなかよさそうな人たちじゃないか」

「だって…」

「今朝、あそこの旦那とテラスで偶然会って、シャトーの周りを一緒にふた回りしたよ」

ボンデルはなにか様子にただならないものを感じて、こう付け加えた。

「近づいて最初に話しかけてきたのはあちらさんだったけどな」

かみさんは不満げに亭主を見ると、こう言った。

「相手にならないほうがよかったのよ」

「なぜだい？」

「だって、あの二人にはとかくの噂があるんです」

「どんな噂だい？」

「どんな噂って、あなた！　噂といったら噂ですよ」

ボンデルがちょっと乗ってる様子を見せた、これが間違いのもとだった。

「ねーお前、知っての通りわしは噂話というのはどうも好きになれない。噂をする人はわしの同情を誘うくらいのところで止めておいてもらいたいものだね。あの夫婦は立派な人たちだと思いますよ、わしは」

かみさんが、じれったそうに聞き返した。

「奥さんもということ？」

「決まってるじゃないか、奥さんもだよ。もっともわしはチラッと見ただけだったがね」

こうして議論は続き、だんだん雲行きが怪しくなり、同じことをねちねちと繰り返すことになった。他にけんかの種などなかった。

かみさんはあの二人にどんな噂が囁かれているのかなかなか言おうとしなかった。ただ恥さらしなことだと仄めかすだけだった。ボンデルは肩をすくめ、かみさんのことを小馬鹿にするように笑い、かみさんを刺激した。かみさんがとうとう声を荒げることになった。

「それなら言いますけど、あの旦那がおくさんに浮気されたの、そういうわけよ！」

ボンデルは平然と応じた。

「それが何か男の名誉を傷つけるのかねー、わしはそうは思わんねー」

かみさんがあっけにとられた。

「なんですって、『そうは思わんねー』ですって？…『そうは思わんねー』ですって？…名誉は確かに大げさ過ぎといえば大げさ過ぎです……ねーあなた、そう思うでしょ？ともかく、これは隣近所に知られてしまったスキャンダルです。あの旦那は顔に泥を塗られたのです、浮気されたのです！」

ボンデルは答えた。

「そこが違うと言っているのです！　男が騙されたり、裏切られたり、盗まれたりすれば顔に泥を塗られる？　ぜったいそんなことはありません。これが女の場合なら確かにその通りだと思うがね。男の場合はちがいます」

かみさんは腹が立ってきた。

「男だろうが女だろうがおんなじでしょ。どっちも傷つけられるわけですから。恥をさらすことになるんですよ」

ボンデルは、ごく冷静に尋ねた。

「そもそも噂は本当なのかい？　いったい誰が見てきたように言い切れるというんだい、現場を抑えたとでもいうのかい？」

かみさんは椅子の上で体をゆすった。

「なんですって？　『見てきたように？』ですって？　決まってるでしょ、みんなですよ！　みんなです！　いわずと知れたことでしょ、そんなこと。みんなが知っていることですもの。みんなが噂していることです。疑う余地などありません。お祭りとおんなじですよ、みんな知ってることですわ」

だんなが小馬鹿にするように笑った。

「昔の人は太陽が地球の周りを回っているって長い間信じていただろう。同じように間違っていたことはいっぱいあるじゃないか。あのだんなは奥さんをそれは優しく愛していますよ。奥さんのことを愛情を込めて話すんだ。あがめるように話します。噂なんか嘘っぱちさ」

かみさんは地団太を踏んで、言い捨てた。

「あの人知らないのよ、馬鹿よ、おたんちんよ、腰抜けよ!」

ボンデルが怒ったりせずに諭すように言った。

「いいかい、あの人は馬鹿なんかじゃありません。逆に大変な知識人とお見受けします、神経が行き届く人に見受けられます。同居しているわけでもない隣人が不倫の詳細を何でも知っている、隣人が知らないことは何もないと言い切っている。そこまで言っておきながら、知性ある男は家の中で起きているその種のことに気づかずにいるものだなどと、おまえさんはわしに思い込ませようとしているみたいだ、やめてもらいたいねー」

かみさんは発作を起こしたようにはしゃぎだした。その様子がだんなの神経を逆撫でした。

「アレ、アレ、アレ、男なんてみんなおんなじね、あっちの男もこっちの男も! 妻の不貞を見つけ出す男など世間に一人もいやしないじゃないの、誰かがベッドの上へ鼻先を押し付けてくれない限り」

議論は脇道にそれた。裏切られる亭主の観察眼に欠陥があるという方向へ議論が急展開した。ボンデルが、眼力に欠陥があるとかないとかいう問題だろうか?と疑問に思っているというのに、かみさんが軽蔑したような様子であてつけがましく決めつけたので、とうとうボンデルの腹の蟲も騒ぎだした。かみさんが女の側に立てば、ボンデルは男の側の防戦にまわるということになった。

ボンデルはよせばいいのにこううそぶいた。

「いいかいわしは誓って言うが、浮気されれば絶対気付く。しかもすぐにだ。お前が二度とそんなことができないように、医者が一人では足りないほど痛めつけてやるからな！」

かみさんも売り言葉に買い言葉とばかり、だんなの顔めがけて叫んだ。

「あなたが？　あなたがねー！　そんなこと言ってあなたも馬鹿ね。他の男どもと大差ないのねー、わかってるのかしら」

ボンデルは敢えて言い切った。

「誓って言うが馬鹿じゃない」

かみさんが無遠慮に吹き出したので、だんなは動悸が激しくなり、鳥肌が立ってきた。

もう一度ボンデルだんなは言った。

「わしだったら現場を押さえていた」

かみさんは立ち上がり、今度も同じように笑った。

「まさか、もうたくさんだわ」

そう言うと、音を立てて戸を閉め、出て行った。

Ⅱ

ボンデルは一人になった。いたたまれない気持ちだった。これみよがしで、思わせぶりな笑いが毒虫の針のようにボンデルの心を刺した。刺された当座はさして感じないが、やがて焼けるような痛みが広がり我慢ができなくなる。

ボンデルは外へ出て、歩きながら考えてみた。仕事を退いた寂しさから、どうしても物を悲観的に考えてしまう。物を悪い方へと考えてしまう。

そのとき突然、今朝会った男が目の前に現れた。握手を交わし話を始めた。いろいろ話した。たまたま話が二人の細君のことになった。お互い何か打ち明けたいことがあるようだ。自分の生活に切っても切れない存在、つまり細君の性格について、言うに言われぬ何か、つらい何かがあるようだ。

今朝の男が言った。

「まったく女房というのは、自分の夫だというだけの理由で、時々亭主に一種独特の敵意を抱くものらしいですなー。ぼくは女房を愛しています。とても愛しているし、値打ちもわかっているつもりです。尊敬もしています。ところがどうでしょう、やつはともすればわたしよりもわたしたちの友人のほうをずっと信頼し、ずっと気を許しているような態度を見せることがあるのです」

それを聞いてボンデルは思った、〈やっぱりそうか、うちのやつの言う通りだったんだ〉と。ボンデルは男と別れて、再び考え始めた。心の中ではつじつまの合わない憶測があれこれと混じりあい、苦渋の渦が広がっていた。かみさんの無遠慮な笑い声が耳からはなれず、あのヒステリックな笑いは、〈あなたもご多分に漏れず外の男たちとおんなじね、お馬鹿さんよ〉と言っているように思われた。そこには確かに一種の挑戦があった。女が男にいらだっているときその男をやっつけるためならなんでもする、あえて危険も冒す、そんな女の挑戦があった。

結局、あの気の毒なだんなはほかの多くの男同様、裏切られた亭主にちがいない。寂しそうに言ったではないか。「やつはともすればわたしよりわたしたちの友人のほうをずっと信頼し、ずっと気を許しているような態度を見せることがあるのです」と。

これは、――法律がこの目の見えない感傷的な男を夫と呼ぶのだが――自分以外の男に妻が寄せる特別な感心を、夫がどのように見たかということだ。そこまでにすぎない。それから先のことは、あのだんなは何一つ判ってはいなかった。ほかの男たちとおんなじだった……ほかの男たちと！

さて、ボンデル自身のかみさんはといえば、気になる笑い方をした。「あなたもおんなじね、あなたも……」と言いながら。あっちの細君もこっちのかみさんも、結局亭主と対峙することを唯一の楽しみとし、そのために亭主の猜疑心を刺激するのだとすれば、二人ともどうかしている。なんとも後先のことを考えない存在ではないか。

ボンデルは夫婦のこれまでの生活を振り返ってみて、かみさんがよその男のほうをずっと信頼し、ずっと気を許しているような態度を見せたことがあったかどうか、思いをめぐらせてみた。ボンデルは未だかつて誰も疑ったことはなかった。それほど平穏で、かみさんを信じて、安心していた。

そうだ、かみさんには男友達が一人いた。親しくしていた男友達が。ほぼ一年に亘って週三度食事に来ていたタンクレ、あの善良なタンクレ君、あの真面目なタンクレが。ボンデルは彼を弟のように愛し、理由は分からないがタンクレがかみさんの逆鱗に触れた後もボンデルはタンクレに密かに会っていたのだった。

ボンデルは立ち止まって考えてみた。焦点の定まらない目で過去を見つめてみた。

すると不意にある種の怒りが自分自身に対して湧いてきた。男なら誰でもかかえている疑い深い自分、嫉妬する自分、さらにはふがいない自分がそれとなく見えてくることに腹をたてたのだった。ボンデルは自分を叱り、自分を責め、自分を罵った。それと同時にボンデルは、あの友人タンクレのことを思い出していた。かみさんはタンクレを高く評価していた。それにも拘らずうやむやのまま追い出してしまった。そのタンクレが家に来たときどんな様子だったか、またどんな態度をとったかを思いだそうとした。

しかし突然、別のことを思い出した。つまり感情的衝突を決して許さないかみさんの復讐心の強い性格が基で始まった、同じような争いが脳裏によみがえってきたのだ。

ボンデルは、ためらうことなく自分自身を笑った。胸が締め付けられるようだった不安の兆しを笑い飛ばした。あのときも夕方家に帰ってかみさんに、「あのタンクレ君に偶然会って、お前さんの近況を尋ねられたよ」と言ったのだが、そのときのかみさんの憎々しそうな横顔を今思いだした。ボンデルはすっかり安心した。そんなときのかみさんの答えはいつもこんなふうだったのだ。「あの方に会ったら、わたしのことはかまってくれなくて結構だとおっしゃってくださってかまいませんから」なんともいらだたしい様子で、なんとも猛々しく、言ったのだ。かみさんがタンクレを許していないこと、今後も決して許さないだろうことはその調子でよくわかった。これでも疑えるというのだろうか？……一瞬とはいえ疑ってしまった……いやはやなんと馬鹿なことを……！

いやまてよ、かみさんはなぜタンクレにあんなに腹を立てたのだろう？　不仲になったくわしい動機も、恨むようになった理由も、かみさんは話してくれたことは一度もなかった。かみさんはあの男をひどく恨んでいた！　ひどく！　ひょっとして？…ちがう…絶対にちがう……そんなことを考えれば自分で自分の品位を損なうことになる、と自分に言い聞かせた。

すでにボンデルが自分の品位を損なっていたことは紛れのない事実だった。しかしそう考えずにはいられなかったのだ。自分の心の中へ入り込んだその疑いがそのまま居座ってしまうのかどうか、長い苦悩の蟲が心の中に巣食ってしまったのかどうか、ボンデルはおそるおそる自問してみた。自分がどういう人間か分かっている。疑念を反芻する人間だ。かつて商売上の方針を昼も夜も、あーでもないこうでもないと際限なく天秤にかけながら反芻したように。

ボンデルは浮き足立っていた。歩く速度が速くなり冷静さを失っていた。人間誰しも、《思い込み》には逆らえないものだ。それを払いのけることはできない、追い払うなんて無理だ。押し殺すことは不可能だ。

そして突然、ある計画がボンデルの心のうちに生まれた。大胆な、実行できるかどうかまず疑ってしまうほど大胆な計画が。

タンクレと会うたびに、あいつはかみさんの近況を尋ねてきた。ボンデルは答えたものだ、「あいかわらず女房は少し怒っているよ」と。それ以上は何も言わなかった。――自分は亭主らしい亭主だったのか?……どうみても……!――

よし、これからパリ行きの汽車に乗ってタンクレのところへ行き今夜彼を連れて帰ろう。何だか知らないが女房の恨みはもうどこかへ消えたと嘘をつけばいい。そうしよう。しかしかみさんはどんな顔をするだろう? どうなるだろう! さぞかし怒るだろう! 大騒ぎになるだろう! 残念だが仕方がない……それもこれもあの気に障る笑いのお返しだ。かみさんには知らせないでおこう、二人が突然顔を合わせれば、その顔色から本当の心の動きを掴みとることができるだろう。

Ⅲ

ボンデルはすぐ駅へ行き、切符を買って汽車に乗り込んだ。そしてペックの坂を下る汽車が自分をどこかへ連れ去りはしないかという錯覚にとらわれ、これからしようとしていることに少々の恐怖を覚え、ある種のめまいを感じた。気持ちがぐらつかないように、後ずさりしないように、一人で戻ってくるようなことがないように、ボンデルはとりあえずそのことを考えないようにしようと考えた。別のことで気を紛らし、決めたことはなんとしてでも前へ進めようと努めた。そこで、オペレッタのアリアやカフェ喫茶のシャンソンを口ずさみ、パリへ着くまで気を紛らせた。

タンクレが住む町へ通じる路を前にすると、立ち止まりたいという思いにとらわれた。店の前をぶらぶらし、並んでいる品物の値段を覗き、目新しい品に目を配り、ビールの小ジョッキでもかたむけたいと思った。ほんとうはそんな習慣などなかったのだが。

タンクレの部屋に近づくと、ボンデルは彼がいないでいてくれと願った。

しかしタンクレは部屋にいた。本を読んでいた。彼は驚き、立ち上がると大きな声で言った。

「あー、ボンデルさん！　どういう風の吹き回しですか！」

ボンデルはドギマギしながら言った。

「そーなんだ君。パリへちょっとした買い物があってね。ついでに手でも握って帰ろうかと思ったんだ」

「お気遣いありがとうございます！　よく来てくれました！　我が家へは最近さっぱりでしたからね」

「しかたなかったのさ。誰しもはたの煽りを食って生きているわけだから。うちのアレがあんたを恨んでいたようだったから……」

「『ようだった』なんて……そんななまやさしいものではありませんでした。あの方は僕をたたきだしたんですよ」

「それにしても、どういうわけがあったんだい？　わしはなんにも知らなかった」

「いやはやどうもこうも、ばかみたいなことですよ。議論になったとき、僕があの人の意見に賛成しなかったんですよ」

「議論？　いったい何の議論を？」

「ある女のことです。多分名前くらいは知ってらっしゃるでしょう。ブータンという私の女友達の一人のことです」

「あっ、そーだったの！　ところでね、アレはもう君のこと恨んでなんかいないと思うけどなー、うちのかみさんだがね。今朝アレがね、君のことを話したんだ、とってもなつかしそうにね」

タンクレは身震いすると、あっけに取られた様子で、しばらくは何を言ったらいいのか分からないという様子だった。やがてタンクレがボンデルの言ったことを繰り返した。

「あの人がボンデルさんに僕のことを話した……なつかしそうに……」

「その通りさ」

「信じていいのですね」

「勿論さ！　わしは夢を見ているわけじゃない」

「それで？」

「それで、パリへ来たので、君にそれを伝えれば喜んでもらえると思ったというわけさ」

「そうですか、そうですか……」

ボンデルは躊躇している様子だったが、ちょっと間を置いて言った。

「わしにアイデアがあるんだがね……格別の」

「どんなアイデアです？」

「君を我が家へ連れていって、いっしょに食事をするのさ」

この提案に、生まれつき心配性のタンクレが不安そうな様子を見せた。

「え――！　ほんとに？…だいじょうぶかな――？…厄介なことにならないよう願いたいものですな――…」

「ならないよ、ならないよ……」

「ご存知の通り、奥方は執念深いですからね」

「うん、しかしだいじょうぶさ。ヤツはもう君のことを恨んじゃいないよ。思いがけず君と会えばきっと大喜びするさ。請合うよ」

「ほんとですかね？」

「そりゃもう！」

「わかりました！　それでは参りましょう！　うれしいな――。わかるでしょう、あんな別れ方をしたからつらかったんです」

それからふたりはサンラザール駅へ向かった、腕を組んで。

言葉少ない道中だった。ふたりとも物思いに沈んでいる様子だった。車内では向き合って座り、話も交わさなかった。お互い前を見れば、相手はやっぱり顔が青ざめていた。

汽車を降り二人は再び腕を組んだ、あたかもこれから一体となって危険に立ち向かうかのように。歩くこと数分、二人ともいくらか息を切らしながらボンデルの家の前で足を止めた。

ボンデルはタンクレを家に入れ、サロンまで彼の後を歩き、女中を呼んで「奥様はいるか？」と聞いた。

「はい、だんなさま」

「すぐおりてくるように伝えてくれないか」

「はい、だんなさま」

こうして二人は肘掛け椅子に深く腰をうずめて待つことになった。怖いあの女丈夫が戸口に現れる前に、すぐにでも逃げ出したいという共通の思いにとらわれて落着かなかった。

聞き覚えのある力強い足音が一歩一歩階段を下りてくる。手が錠前に触れた。二人の目は、銅の握りが回るところを見ていた。ドアーが一杯に開きボンデルのかみさんが戸口で中を見るために立ち止まった。

中を見たかみさんが顔を赤らめ、よろけるように半歩後ろへさがった。頬へ血が上り、両脇の壁に手を付いたまま動けなくなった。

タンクレが、いまにも卒倒せんばかりに血の気を失い、立ち上がった。帽子が落ちて床を転がるのも気がつかないでいる。タンクレが呟く。

「どうも、奥さん、ぼ、ぼくです……ぼく信じました……だから、思い切ったのです……つらかったのなんの……」

かみさんが返事をしないので、タンクレが続ける。

「許してもらえるのですね……つまり？」

すると突然、かみさんが憑かれたようにタンクレの方へ両手を差し伸べて歩み寄る。タンクレがその手を取り、じっと握りしめる。するとかみさんはボンデルが一度も聞いたことのない、震えるようなかすれて消え入るような小さな声で言った。

「あー、あなたなのね、わたしうれしいわ」

ボンデルは、二人をじっと見ていて、冷たい浴槽につけられたかのように足の先から頭の先まで凍りついてしまったような感覚にとらわれた。


（一八八九年七月十三日）

IV　ベルト

ベルト

ぼくの旧友、そう、人は時として自分よりずっと年上の友を持つものだが、そんな昔からの友人であるボネ医師は、リオムの彼の家でしばらく過ごすようにとぼくを何度も誘ってくれた。ぼくはオーヴェルニュ地方に行ったことがなかったので、一八七六年の夏の盛りになってやっと訪ねていくことに決めた。

朝の列車で到着したのだが、駅のホームで最初に見つけたのが、医師の顔であった。彼はグレーの服を着て、縁《ふち》の広い、丸くて黒いソフト帽をかぶっていた。それは、煙突のように先が細くなっているシルクハットで、石炭商を思わせるオーヴェルニュ地方独特の帽子だった。こんないでたちで、明るい色の背広に包まれた華奢《きゃしゃ》な身体やその大きな白髪頭から、医師はまるで年のいった青年のようにみえた。

彼は、長い間待ちわびていた友がやって来た時にみせる、田舎の人特有の、あのうれしくてしょうがないといった様子でぼくを抱きしめ、手を広げ、誇りに満ちあふれて叫んだ。

「ここが、オーヴェルニュさ！」

ぼくの目の前には、かつての火山らしい、円錐台《えんすいだい》の頂をした山の連なりしか見えなかった。

それから彼は正面に書かれている駅名を指さし、一語一語はっきりと発音した。

「Ｒｉｏｍ（リ・オ・ム）！　そう、ここは行政官の祖国、司法官の誇り、いや、むしろ医師たちの祖国かもしれんがね」

「なぜ？」とぼくは訊ねた。

すると彼は笑いながら答えた。

「なぜだって？　Ｒｉｏｍという名を逆さから読んでみたまえ。すると、ｍｏｒｉ、ｍｏｕｒｉｒ（死ぬ）となるだろう。ほらね、君、だからわしはこの土地に住み着いてるってわけさ」

自分の言った冗談に嬉々として、彼は満足気にもみ手をしながらぼくを引っぱっていった。

一杯のカフェオレを飲みこむやいなや、さっそく旧市街を見物に行かねばならなかった。ぼくは、薬剤師の商館や、彫刻が施された石の正面をもつ、真っ黒だが美術品のように美しい有名な家々に見とれた。屠殺《とさつ》業者の守護聖人である聖母像のすばらしさに感嘆し、それにまつわる面白い冒険談も聞いたのだが、それはまた今度話すことにしよう。それから、ボネ医師はぼくに言った。

「さて、女の患者を診に行かねばならんので、五分ばかり失敬するよ。お昼前には町の全景とピュイ＝ドＩドム山脈のパノラマを見せに、シャテル＝ギュイヨンの丘に連れていってあげよう。すまんが、ちょっと歩道で待っていてくれるかな。上にあがっておりてくるだけだから」

彼は、薄暗く閉ざされ、静まり返って立ち並ぶ不気味な田舎風のとある古い館の前にぼくを置いていった。その館はとりわけ陰気っぽく感じられたのだが、まもなくそのわけがわかった。二階のすべての大窓は、一枚板のよろい戸で半ばまで閉められていた。上部だけがかすかに開いていて、この巨大な石の箱の中に幽閉されている人々に、まるで通りをながめさせまいとしているかのようだった。

医師がおりてくると、ぼくは感じたことを打ち明けた。すると彼は答えた。

「思い違いなんかじゃないとも。この館の中で保護されている哀れな人間は、外で起きていることを決して見てはならんのだ。その人は狂女なんだ。むしろ知能が低いのかな、いや、やはり頭の弱い女と言うべきだろうね。そう、君らノルマンディー人達が言うところの、脳足りんなのさ。

ああ！　ねえ君、それは悲惨な話でね。それと同時に特異な病理学的症例でもあるんだ。詳しく聞きたいかね？」

ぼくがうなづくと彼はまた話しはじめた。

「そう、もう二十年にもなる。この館の夫妻というのはわしの患者なんだが、彼らにひとりの

郵便はがき

恐れいりますが
切手を貼って
お出しください

1 0 1-0 0 6 1

千代田区神田三崎町 2-2-12
エコービル1階

梨の木舎 行

★2016年9月20日より**CAFE**を併設、
新規に開店しました。どうぞお立ちよりください。

お買い上げいただき誠にありがとうございます。裏面にこの本をお読みいただいたご感想などお聞かせいただければ、幸いです。

お買い上げいただいた書籍

梨の木舎

東京都千代田区神田三崎町 2—2—12　エコービル1階

TEL　03-6256-9517　FAX　03-6256-9518
Eメール　info@nashinoki-sha.com

(2024.3.

通信欄

小社の本を直接お申込いただく場合、このハガキを購入申込書としてお使いください。代金は書籍到着後同封の郵便振替用紙にてお支払いください。送料は200円です。

小社の本の詳しい内容は、ホームページに紹介しております。是非ご覧下さい。　http://www.nashinoki-sha.com/

購入申込書】（FAXでも申し込めます）　FAX　03-6256-9518

書　　名	定　価	部数

お名前

ご住所　（〒　　　　　　）

電話　（　　）

子供が生まれた。女の子でね。ふつうの女の子たちとなんら変わらないように見えた。だがじきにわしは、その子の身体は驚くほど発育するのに知恵が遅れたままなのに気がついた。

歩き出すのは早かったが、まったく話そうとしなかった。わしははじめ、その子は耳が聞こえないのだと思った。しかしその後、耳は完全に聞こえているものの、その意味がわからないことを確信したんだ。激しい物音がすると、何の音かわからずにこわがって身をふるわせた。

彼女は成長した。すばらしい美人になった。だが話すことができなかった。知能が足りないがゆえに言葉が出なかったんだ。わしはあらゆる方法で、その頭の中に知性をめばえさせてみようとしてみたが、なにひとつとしてうまくはいかなかった。わしには彼女が母親のことを、乳を与えられている時はそれとわかっているような気がした。しかし、いったん乳から離されると、もう母親がわからなかった。彼女は子供が最初に口に出すことばであり、死にゆく兵士が戦場でつぶやく最後のことばであるこのことばを、決して言うことはなかった。そう、『お母さん！』ってね。　時おり片言を言おうとしたり、泣き叫ぼうとすることはあったがそれだけだった。

天気がいいと、鳥のさえずりに似たかろやかな叫び声をあげながら、しじゅう笑い声をたてていた。しかし雨が降ると、死に際の犬のうめき声みたいな、不気味でぞっとするような声で泣いたり悲しんだりしていた。

彼女は小犬のように草の上をころげまわったり、めちゃくちゃに走りまわるのが好きだった。そして毎朝、部屋の中に日の光がさしこむのを見るとはしゃいで手をたたいた。窓を開けてやると、すぐに着替えさせてもらおうとベッドの上で体をゆすって、ぱちぱちと手をたたいた。彼女は、母親と女中、父親とわし、そして御者と料理女など、人と人との区別をまったくしていないようだった。

わしは、不幸な彼女の両親に本当に好意をもっていたので、ほとんど毎日彼らに会いにいった。彼らの家で食事もよく共にしたので、ベルトが、そう彼女はベルトと名づけられていたんだが、食べもののことをよくわかっていて、好き嫌いのあることに気がついた。

彼女はそのころ十二歳だった。しかしまるで十八の娘のようにすっかり成熟し、わしよりも背が高かった。

そこでわしの頭には彼女をさらに食いしん坊にしてしまおうという考えがうかんだ。この方法を使って、微妙なニュアンスを彼女の頭の中に導き入れよう、つまり味の違いやいろいろな種類の風味によって、推理力とまではいえないまでも本能的な識別能力をつけさせてみようと思いついたんだ。だが、それはすでにある程度、彼女の頭の中で働きだしているようだった。

彼女が夢中になっている好物を入念に選び、それに対する執着心を利用して、肉体の反応から知能になんらかのショックをあたえることができれば、脳の麻痺した機能を徐々に高めていけるかもしれないと思ったんだ。

そこでわしはある日、彼女の目の前に二皿の料理をならべた。スープの皿ととっても甘いバニラクリームの皿をね。そしてそれぞれの皿を交互に味見させた。それから好きなほうを自由に選ばせたんだ。すると彼女はクリームのほうを食べたよ。

ほどなくわしは彼女を大変な食いしん坊にした。あまり食いしん坊になりすぎて、頭の中には食べるという考え、いやむしろ食べるという欲望だけしかないようだった。彼女は完全に料理をみわけ、好物のほうへと手をのばし、むさぼるように独り占めして食べた。それを取り上げると泣きわめいた。

そこでわしは呼び鈴の音で、彼女が食堂に来るように教えこんでみようと考えた。ずいぶんと時間がかかった。しかし、とうとう成功した。彼女のぼんやりとした理解力の中に、音と味との関連性が確立されたんだ。つまり、これら二つの感覚が関連づけられ、相互間の呼びかけが生じたことによって、ある種の思考連鎖が間違いなく生まれたというわけだ。もし、こうした二つの感覚器官における本能的結びつきのようなものを思考と呼べるならばではあるがね。

わしはさらに実験をおし進め、そして教えこんだ。まったく、やっとの思いでね！　そう、振子時計の文字盤が示す時刻から食事の時間を知るように教えこんだんだ。

長い間、彼女の注意を時計の針に向けさせることはできなかった。しかし、やっと振子時計の鐘の音に気づかせることができた。その方法はいたって単純だった。つまり、食事の合図の呼び鈴をやめにして、時計の小さな銅の振子が正午を打ったら全員が立ち上がり食卓についてもらうことにした。

むだな努力もわしはしたよ。たとえば、鐘の音のかぞえ方を彼女に教えこもうとしたりしてね。だが振子時計の鐘の響きが聞こえるたびに彼女は食堂のドアに向かって駆けつけてしまったんだ。それでも少しずつだが、食事という観点において、すべての鐘の音が同じ意味をもっていないことに気づき始めたようだった。そして彼女の目は鐘の音に導かれ、しばしば文字盤の上に注がれていた。

それに気づいてからというもの、わしは毎日正午と六時、彼女が待ちわびている時間が来るやいなや、時計の十二と六の数字の上に指をおくように気を配った。すると小さな銅針の動きを彼女が注意深く目で追っているのにじきに気がついた。わしがよく彼女の目の前で回してみせてやっていた時計の針の動きをね。

彼女は理解したのだ！　いや、むしろ捕らえたと言うべきだろう。わしは彼女に時間というものを理解させ、そればかりか時間の観念さえも植えつけるのに成功した。振子時計の方法など通用しない鯉《こい》に対して、毎日きっかり同じ時間に餌をあたえて飼いならすようにね。

ひとたびなりゆきを知ると、家の中にあるすべての時計が、ひたすら彼女の関心を引いた。彼女は時計をじっと見つめ、耳を澄ませ、食事の時間を待って過ごした。ひどくおかしな出来事もさらに起こった。彼女のベッドの上にかけられたルイ十六世時代の美しい枠飾りつき掛時計の鐘がこわれていたのだが、彼女はそれに気がついたんだ。彼女は鐘の音が十時を告げるのを二十分も前から時計の針をみつめ、じっと待っていた。しかし針が十時を過ぎてもなにも聞こえないのであっけにとられた。あんまりびっくりしたのでその場にしゃがみこんでしまった。ひどい災難に出あったとき人を動転させるあの激しい興奮におそらく襲われたのだろう。そしてなんとも異様なまでの辛抱強さで何が起きるのか見ようと、十一時になるまでこの小さな機械仕掛けの前から動こうとしなかった。当然、やはり何も聞こえなかった。すると彼女は暖炉の火ばさみをつかむや、ものすごい力であっという間に掛時計を粉々にたたきこわしてしまった。期待を裏切られ、がっかりして突然怒り狂ったのか、あるいはその不可解な謎を目の前にして恐ろしくなったのだろうか。それとも夢中になっているところを邪魔され、がまんできずに癇癪《かんしゃく》を起こしたのかもしれない。

たしかに、彼女の脳はぼんやりとではあるが働き計算していた。きわめて限られた範囲においてではあるがね。なぜならわしは時間を区別するように彼女に人を区別させることはできなかったからだ。彼女から知的反応を引き出すためには、具体的に彼女の感情や欲求に訴えなければならなかったんだ。

我々はしばらくして、もうひとつの証拠を得たのだが、それはなんとも恐ろしいものだった。彼女はすばらしい美人になった。典型的名門の家系の愛らしくも愚かしいヴィーナスのようだった。

彼女はすでに十六歳になっていたが、そのような非のうちどころのない容姿やしなやかな肢体、そして端正な顔立ちをわしはめったに見たことがなかった。

ヴィーナスのようだといったが、まさにヴィーナスそのものだった。空ろではあるが、明るい、亜麻の花のように青く大きな瞳をした、金髪でふくよかな健康的なヴィーナスである。ふっくらとした唇の大きめな口、食いしん坊で官能的な口もと、誰もが接吻したくなるような唇をしていた。

さてある朝、彼女の父親が神妙な面持ちをしてわしの家に入ってきた。そしてわしのあいさつに返事さえもしないですわりながらこう言った。

『折り入って先生にとても重大な相談があるんです……。つまり、あの……、ベルトを結婚させることはできるでしょうか？』

わしは驚いてとび上がり、そして思わず叫んだ。

『ベルトを結婚させるですって？…だって、そんなこと、無理ですよ！』

『ええ……わかっています……でもよく考えてみてください……先生……つまり、私たちは、一縷《いちる》の望みをもったのです……。もし娘に子供ができたら……それは娘にとって大きな刺激、大きな喜びになるのではないかと。そうしたら……もしかして、知性が母性愛からめばえるかも知れないでしょう？……』

わしは全く困惑してしまった。たしかに父親の言うとおりなんだ。めすの動物の心にも、ひなを守るためなら、めんどりをして犬の口の前にさえ身をさらすような驚くべき母性本能が女性の心の中と同様に脈打っている。だから、結婚という試みによって、彼女の母性本能が生気のない頭脳に興奮や感動をあたえ、働いていない脳の機能を動きださせるかもしれんじゃないか。

わしは自分の体験を思いだしていた。何年か前だが、わしはなんの役にも立たないほど間抜けな一匹の小さなめすの猟犬を飼っていた。その犬は小犬を生むとまもなく、利口とは言えないまでも、そこいら辺のあまり賢くもない犬たちとほとんど変わらないぐらいになった。

この可能性が頭をかすめるや、ベルトを結婚させてみたいという欲望がわしの心の中にふくらんでいった。彼女や気の毒な両親を思ってからなんかじゃなくて、学問的好奇心からだがね。どうなるだろうか？　まさに特異な問題だったんだ！

そこでわしは父親に答えた。

『たぶん、あなたのおっしゃるとおりでしょう……やってみましょう……やってね……しかし……しかしね……結婚してくれる相手をみつけられんのではないでしょうか』

彼は、小声でささやいた。

『それがひとりいるんです』

わしはあっけにとられ、驚いて口ごもりながら言った。

『だれか適当な人でも？　あの……どなたか……その……上流階級の方がですか？……』

『ええ、……そのとおりなんです』と彼は答えた。

『なるほど！　では…その方の名前をうかがえますかな？』

『私は、先生にそれをお話してご意見をうかがおうと思って来たのです。それは、ガストン＝デュ＝ボワ＝ド＝リュッセル氏です！』

〈ろくでなし！〉とわしは思わず声をあげそうになった。だがそれを押し殺し、ちょっと沈黙したあとではっきりと言った。

『ええ、いいでしょう。なんら差しつかえはありますまい』

気の毒な父親はわしの手をにぎりしめ、

『では来月、娘を結婚させることにします』と言った。

ガストン＝デュ＝ボワ＝ド＝リュッセル氏は名門出のろくでなしで、父方の遺産を食いつぶし、ありとあらゆる不正な手段でさんざん借金を重ねたあげく、金の工面の為になんらかの別の方法を探していた。

そして、彼はその方法を見つけたんだ。

美青年なうえ頑健ではあるが、放蕩者《ほうとうもの》であり、田舎の道楽者の手におえないやからで、遅かれ早かれ、我々が手切れ金を払ってお払い箱にするであろう、鼻持ちならない亭主になるにちがいないと思われた。

彼は館にご機嫌をとりにやって来ては、どうやら自分のことを気に入ってくれたらしいこの知恵の遅れた美少女の前で気を引こうとした。

彼は花を持って訪れ、彼女の手に接吻し、ひざまずき、優しいまなざしで彼女を見つめた。しかし、彼女はまったく気にもとめず、まわりにいる他の人々となんら彼を区別しなかった。

結婚式が行なわれた。

どういう点がわしの好奇心をかきたてたかわかるだろう。

わしはその翌日ベルトに会いにいった。彼女の表情の中に歓びのときめきがあるんじゃないかとこっそり観察しにいったんだ。しかしわしはひたすら掛時計と食事に心を奪われている、これまでと変わらない彼女を見いだした。反対に、彼のほうはすっかり彼女に夢中になっているようで、子猫と遊ぶ時に使う小さなおもちゃや気をそそる仕草で妻の陽気さや愛情を引きだそうとしていた。

彼には、それよりましなことは思いつかなかったんだ。

わしはそのころ、足しげく新婚夫婦を訪問するようになっていた。まもなく若妻は夫がわかるようになり、今まで甘い食べものにしか向けることのなかったむさぼるようなまなざしを、彼に注ぎだしていた。

彼女は夫の動きを目で追い、階段やとなりの寝室でのその足音を聞きわけた。彼が入って来ると手をたたき、輝きをましたその顔は、深い幸福感と欲情の燃える想いでぱっと明るくなった。彼女は全身全霊で、哀れな弱い魂のできうるかぎり彼を愛した。ひたむきな動物の哀れな真心で、彼を心から愛したんだ。

それはまさに、人間が感情をありとあらゆるニュアンスをつけることによって複雑化しゆがめる以前に、自然が生物にあたえたような素朴な情熱だった。つまり官能的ではあるが、羞恥心のある、賞賛すべき天真爛漫な姿だったんだ。

だが彼のほうは早くも、情熱的だが物言わぬこの美しい妻に飽きてしまった。夜だけ一緒に過ごせば十分だと思い、日中は数時間しかもはや彼女のそばで過ごさなくなっていた。

そして彼女の苦悩が始まった。

彼女は朝から晩まで彼を待ちつづけた。掛時計を見すえたまま、食事さえもかまわなくなった。彼はいつも外で食事をしてきた。クレルモン、シャテル＝ギュイヨン、ロワイヤ、帰らないためならどこでもよかった。

彼女はやせ細っていった。

それ以外の思い、それ以外の欲望、それ以外の期待、そしてそれ以外のどのような漠然とした希望も彼女の心の中から消え去り、夫に会えない長い時間は、彼女にとって耐えがたい煩悶《はんもん》の時となった。まもなく彼は外泊しだした。ロワイヤのカジノで女たちと夜を過ごし、夜明けのかすかな光がさしこんでくるころにしか帰宅しなくなった。

彼女は夫が帰ってくるまで寝るのを拒んだ。掛時計の陶製の文字盤のうえを、ゆっくりと規則正しい動きでぐるぐると回る小さな銅の針をいつまでも見つめ、椅子の上で身じろぎもしなかった。

彼女は遠くを走る彼の馬の速足を聞き取った。そして、さっと立ち上がり、夫が寝室へ入って来るや、まるで、〈ごらんなさい！　なんて遅いの！〉と言うかのように、幽霊のような身ぶりをして掛時計のほうへ指をさし示した。そんなわけで彼のほうは、自分を熱愛する嫉妬深いこの知恵の遅れた妻が恐ろしくなってきた。ある晩、彼はいらいらしたあげく腹を立て、狂暴にも彼女をなぐりつけた。

わしは呼び出された。彼女は、苦痛や激怒、激情などからくるひどい発作を起こし、うめき声を上げて暴れていた。未熟な頭の中で何が起こっているのかなんて、どうしてわかるだろうか？

わしはモルヒネの注射を何本かうって彼女を落ち着かせた。そして、この男に再び会うことを禁じた。この結婚生活が、必ずや彼女を死に追いやることを確信したからだ。

すると彼女は気が狂ってしまった！　そう、君、この哀れな妻は気が狂ってしまったんだ。彼女は片時も忘れることなく夫を想い、待ち続けている。今では昼も夜も、目が覚めている時もまどろんでいる時も、たえず夫を待ち続けている。彼女がますますやせ細り、その執拗なまなざしが時計の文字盤から決して離れようとしないのに気づき、わしは家中の時計という時計すべてを取りはずさせた。そして彼女から、時間を計算する手段と同じように、夫がかつて帰ってきた時刻を、漠然とした無意識の記憶の中に果てしなく探す方法も取り上げた。彼女の心の中にある彼への記憶を消し去り、あんなにも苦労してともした、あの知性のともし火さえ消えてしまうことを願ったんだ。

先日、ある実験をしてみた。わしの腕時計を彼女に渡してみたんだ。彼女はそれを手にとり、しばらくの間じっと考えこんでいた。そのうち、ぞっとするような声で叫びだした。まるでこの小さな機械仕掛けを見て、薄らいできた記憶が突然呼び覚まされでもしたかのようだった。

彼女は今では、落ちくぼんだぎらぎらした目をして哀れなほどやせ細っている。そして檻の中にいる獣のように、たえず歩きまわっている。

もしや彼女が帰って来るのではと彼女が通りを見ることのないように、わしは窓に格子をはめさせ、背の高いよろい戸をつけさせ、寄木《よせぎ》張りの床の上に椅子をくぎづけにさせた！

「ああ！　お気の毒なご両親よ！　なんたる暮らしだったんだろう！」

私たちは丘の上にたどり着いた。医師はふり返ってぼくに言った。

「ここから、リオムの町をながめてごらん」

そのくすんだ町は、古き都のたたずまいを見せていた。背後は見渡すかぎり樹木におおわれ、村や町の点在する緑の平野が広がっていた。そして地平線を美しく際立たせている青くかすかな靄《もや》がその平野を包んでいた。

ぼくの右手はるか彼方には、一連の雄大な山脈が長く伸び、丸い頂や剣の背のように平らに切り取られた頂をみせていた。

医師はその地方や山頂の名の由来を、あれこれとぼくに列挙しながら説明し始めた。

だが、ぼくは聞いてなどいなかった。その狂女のことで頭がいっぱいだった。彼女のことしか思いうかばなかった。まるで不気味な亡霊のように、彼女がこの広大な平野をさまよっているのではないかと思われたんだ。

そこで、ぼくはだしぬけに聞いてみた。

「それで、どうなったんですか、彼は？　夫のほうは？」

ぼくの友は、ちょっと驚き、ためらってから答えた。

「ロワイヤで暮らしてるよ。せしめた手切れ金でね。彼は満足してるのさ。放蕩生活《ほうとうせいかつ》を送ってるんだ」

二人とも沈んだ気持ちになり、おしだまって、のろのろとした足取りで帰ろうとしていると、ゆっくりした速歩の純血種の一頭立て二輪馬車が背後からやってきて、さっと通り過ぎた。

医師はぼくの腕をつかんで、「ほら、彼だよ」とささやいた。

ぼくには、がっしりした両肩の上の小粋にかぶったグレーのシルクハットしか目に入らなかった。そしてそれは、もうもうたる砂塵の中、またたく間に遠くへ消え去っていった。

V　ロバ

ロバ

川の上に立ちこめる濃い霧の中には、そよ吹く風もなかった。その光景は、水面に置かれたおぼろな綿雲を思わせた。山脈のうねりに似た変わった形のもやに隠れて、川岸そのものもぼんやりとしていた。それでも、今まさに夜が明けるばかりとなり、小高い丘が姿を見せ始めた。丘のふもとでは、曙のほのかな光に照らされて、モルタル塗りの家並みが大きな白い斑となって徐々に現れてきた。鶏舎では雄鶏たちが時を告げていた。

見渡せば、ラ・フレットの真正面に位置する、すっぽりと霧のかかった川の向こう側で時々かすかな物音が、風ひとつない空の深い静寂の中に響いた。それは時に小舟が慎重に進んでいくようなくぐもった水の音であり、時にオールが舟縁《ふなべり》に当たるような鋭い音であり、また時に水中に何か柔らかい物が落下するような音であった。そして、それきり何の音もしなかった。

時折、どこからともなく低い話し声が聞こえてきた。はるか彼方からかもしれないしすぐ近くからかもしれないが、地面か川面から発生したこの濃い霧の中を漂い、遠慮がちに滑るように通り過ぎていった。こうした声の動きは、イグサの中に眠っていたものの、空が白んでくると飛び立ち、ずんずんと遠くへ羽ばたき続ける野鳥さながらだった。野鳥たちは、おずおずとした優しいさえずりを上げて、土手沿いにいる仲間たちを起こしながら、全速力で霧の中を素早く通り抜けていく姿が見られるのだった。

突然、村寄りの岸辺で、影がひとつ水面に現れた。初めはぼうっとかすんでいたが、それから大きくくっきりとした様相を呈した。すると、川面をカーテンの様に覆っている霧の中から一艘《いっそう》の平底舟が出て来た。二人の男を乗せたその舟は、草の上に乗り上げた。

漕《こ》いでいたほうの男が立ち上がり、舟底から魚が一杯入ったバケツを取り出すと、まだ水の滴り落ちている投網を肩に引っ掛けた。それまで身じろぎひとつしていなかったもう一人の男が口を開いた。

「お前の銃を持って来いや。土手にいるウサギでもしとめようぜ。どうだ、マイヨシュ?」

相棒の男が答えた。

「わかった、待っててくれ。すぐ戻るから」

そう言うと、獲った魚をしまいに行った。

舟に残ったほうの男は、ゆっくりとパイプに煙草を詰めて、火をつけた。

この男の名はラブイズ、通称シコと言う。相棒のマイヨション、俗称マイヨシュと組んで、いかがわしく訳のわからぬ、くず鉄ひろいを生業としていた。

下級の舟乗りである二人が舟を出すのは、食うに事欠く月と決まっていた。その他の時期はくず集めをしていた。朝に晩に川の上をうろつき、生き死にかかわらず獲物という獲物を狙っていた。水上の密漁者であり、夜の狩人であり、掃きだめの海賊といった手合いである。或る時はサン・ジェルマンの森で小鹿を待ち伏せし、或る時はうつ伏せになって溺れ死んだ者を見つけて、その所持品を漁るのだった。水に浮かぶぼろ着や、口を宙に向け酔っぱらいのようにふらふらと流れていく空き瓶や、流れ着いた木ぎれをかき集めたりもした。ラブイズとマイヨションは、こんな風に気ままな暮らしをしていた。

時々二人は正午頃歩いて出かけると、そのままふらっと行ったきり帰って来なかった。川岸にある宿屋で昼食をとると、再び肩を並べて出かけた。それから、一日二日は戻らなかった。そして朝、船の代わりにごみための中でうろうろする姿が見つかるのだった。

ここから程遠いジョワンヴィルやノジャンでは一晩のうちになくなった舟を、船乗りたちが困り果てて探していた。綱をほどかれてどこかに行ってしまったのだから、盗まれたに違いない。一方、そこから八十〜百二十キロほど離れたオワーズ川では、地主がもみ手をしながら、前の日五十フランで手に入れた舟に見入っていた。彼の身形《みなり》を見て売りたいと言ってきた、通りがかりの二人連れから買い取った掘り出し物である。

マイヨションがぼろ布にくるんだ銃を手にして戻って来た。年齢は四十〜五十歳、やせて背の高いこの男は、お決まりの不安にあれこれとさいなまれる人間、もしくは追われてばかりいる動物が持つ、あの鋭い目をしていた。はだけたシャツから、灰色の毛がもじゃもじゃ生えた胸元をのぞかせていた。だが、髭といえば刷毛のように短く刈った口髭と、下唇の下に生えたひとつまみのこわい毛以外には見当たらなかった。こめかみ部分は禿げ上がっていた。

帽子形に平たくこびりついた垢を落とすと、頭皮は綿毛のようにふわりとしたごく薄い毛髪に覆われた格好で、羽をむしり取られて焼かれる寸前のヒナドリの皮膚を思わせた。

これとは反対に、シコは、吹き出物だらけの赤ら顔をした毛むくじゃらのずんぐりむっくりとした男で、兵隊の縁なし帽に忍ばせた生焼けステーキといった風貌であった。終始何かをまたは誰かを狙うかのように左目を閉じていた。「ラブイズ、目を開けろ」などと、この癖を大声でからかわれると、落ち着いた口調で「まあ、姐さん、心配しなさんな。開くときにゃ開くさ」と切り返すのだった。最も誰のこともこんな風に『姐さん』などと呼ぶ癖があり、相棒をつかまえてもこの調子だった。

今度はシコがオールを手にした。舟は再び霧の中に入っていった。霧は川の上によどんでいたが、バラ色の微光に照らされた空の下で牛乳のように白くなってきた。

ラブイズが訊いた。

「弾丸は何だ？　マイヨション」

マイヨションが答えた。

「とびきり小さい９口径さ。ウサギ用だ」

二人を乗せた舟は、ゆっくりと静かに対岸へ近づいていったが、こうやって物音ひとつ立てなかったので、その姿に気づく者はなかった。そこはサン・ジェルマンの森の一角で、ウサギ猟は制限されている。木々の根元にはウサギの巣穴があちこちにあった。ウサギたちは夜明けになると、巣穴の中で跳ねては行ったり来たり、穴から出たり入ったりした。

マイヨションは舳先《へさき》にひざまずき、舟底に銃を忍ばせて獲物を狙っていた。そして、にわかに銃をつかむと狙いを定めた。爆音が轟き、静かな平野に長いこと響き渡っていた。

ラブイズがオールを二回かくと、舟は岸辺に着いた。相方が陸に飛び上がり、まだぴくぴく動いている灰色の小ウサギを拾い上げてきた。

それから舟は再び霧の中に入っていき、森の番人たちを避けるようにして向こう岸へ戻った。

二人の男は今やおとなしく水上散歩をしているかのようだった。銃は隠し場である舟板の下に、獲ったウサギはシコのだぶだぶしたシャツの中に潜めた。

十五分ほどして、ラブイズが問いかけた。

「さあ、姐さん、もう一発行くか」

マイヨションが答えた。

「わかった。出かけよう」

舟は再び岸を離れ、川の流れを素早く下っていった。川を覆っていた霧が晴れてきた。両岸の木立はヴェールがかったように見えていた。そして、切れ切れになった霧は小さな雲の塊となり、川の流れに沿って消えていった。

男たちが近づいた島は、先端がエルブレーの町と向き合っていた。そこで二人は舟の速度を落とし、再び獲物を狙い始めた。それから程なくして、二羽目のウサギを撃ちとった。続いて、二人はコンフランの途中まで下っていった。そこで舟を停めて木につなぐと、舟底で横になり、うとうととした。

時々ラブイズが起き上がり、開いた方の目でざっと周辺を見回した。朝もやはすっかり消え、大きな夏の太陽が青空へ昇っていた。

遠くを見やると、川の向こうでブドウ畑が半円状に広がっていた。頂上には家が唯ひとつ、木立の中に建っていた。すべてがしんと静まり返っていた。

ところが、曳《ひ》き舟道の上を何かが音もなく、のろのろと進んでいた。それは、女が引いている一匹のロバだった。ロバは節々を強ばらせて頑固に動こうとせず、時々片足を伸ばしたりしたが、もはや抵抗できなくなると飼い主に引きずられるままになった。首を突き出し、耳を寝かせて、のそのそと歩くばかりで、遠くに見えなくなるのはまだまだ先のことと思われた。

女は腰を曲げて手綱を引いていた。時々後ろを振り返っては、木の枝でロバを叩いた。

その様子を見ていたラブイズが切り出した。

「おい、マイヨシュ」

マイヨシュが答えた。

「何だい？」

「からかってみたくはねえか？」

「そうは言ってもなあ」

「いいじゃねえか。さあ、張り切って、姐さん。楽しもうぜ」

シコはそう言うと、オールを手にした。

川を横切って女とロバの向かい側に行くと、大声を上げた。

「おーい、姐さん！」

女はロバを引く手を止めて、男の方をじっと見た。ラブイズがまた叫んだ。

「あんた、機関車の見本市にでも行くのかね？」

女は黙っていた。シコは続けた。

「これは、これは。あんたのロバ公、徒競争で勝ったろうな。こんなに速く走らせて、一体どこに連れていくんだい？」

ようやく女は答えた。

「シャンピューのマカールのとこさ。殺しちまうんだ。何の役にも立たないからね」

ラブイズが答えた。

「なるほどね。ところで、マカールはいくらよこすんだかな？」

女は手の甲で額を拭きながら口ごもった。

「あたしがわかるとでも？　三フランだか四フランだか……ねえ」

シコが叫んだ。

「俺たちが五フラン出そう。さあ、話はついた。悪くない額だろ」

女は少し考えた後に言った。

「じゃ、それでいいや」

そこで、荒くれ男たちは舟を岸に近づけた。

ラブイズがロバの手綱を取った。マイヨションは驚いて尋ねた。

「こんなしょうもないもの、どうするつもりだ？」

シコはこの時、反対の目も開けて、楽しげな表情をした。赤い顔に皺を寄せて満面の笑みをたたえていた。そして含み笑いをしながら言った。

「心配いらんよ、姐さん。うまい方法があるんだ」

シコが女に五フランやると、女は溝の辺りに座り込んで連中が何をするのか見ていた。

すると、ラブイズが鼻歌まじりに銃を取りに行き、戻って来るとそれをマイヨションに差し出した。

「ほら、各々一発だ。大物を獲っちまおう、姐さん。ちえっ、こんな近くからじゃだめだ。初めはお前からやってくれよ。楽しみはちょいと後までとっておかなきゃな」

そう言って、相棒を生贄《いけにえ》から四十歩離れた所に立たせた。ロバは開放されたと思って土手に長く伸びた草を食《は》もうとしていた。ところがひどく疲れていたため、足元がふらついて倒れそうになった。

マイヨションはゆっくり狙いをつけながら、言った。

「あの耳に気付けの一発だ。注意しろ、シコ」

そして引き金を引いた。

小さな弾丸はロバの長い耳に当たった。ちくちくする痛みをどうにかしようと、ロバは片耳ずつもしくは両耳一緒に、激しく振り払ったり、揺さぶったりし出した。

二人の男は身をよじり、腹を抱え、足を踏み鳴らして笑っていた。片や女は怒りのあまり駆け寄ってきた。自分の飼っていたロバがいたぶられるのを見ていられず、腹立ち紛れにうめくような声で、五フランなど返すと言ってきた。

ラブイズは女に、殴るぞと言って脅かし、腕まくりをしてすごんで見せた。金は払ったろ、畜生め。こんなのどうってことないぜ、とでもいうように、ラブイズは女のペチコートの中に一発放とうとした。

すると女は、憲兵に訴えてやるとわめきながら逃げ出した。延々と大きな罵り声が聞こえてきたが、それは女が遠ざかるに連れて一層乱暴なものになっていった。

マイヨションは仲間に銃を渡した。

「今度はお前だ、シコ」

ラブイズは狙いを定めて発砲した。ロバは腿《もも》に一撃をくらった。それでも弾丸は小さく、射程距離も長かったので、恐らくロバは、アブに刺されたくらいに思ったのだろう。力一杯尾を振って足や背中に打ちつけ始めたからである。

ラブイズは腰を下ろして笑い転げた。その傍らで銃に弾丸を込めていたマイヨションはひどく楽しそうに、腹の皮がよじれるくらい笑っていた。

それからマイヨションは数歩近づいていき、仲間が撃ったのと同じ所を狙って再び引き金を引いた。今度はロバも飛び上がり、後ろ足で蹴ろうとして振り返った。とうとう血が少し流れ出た。弾丸は体に深く入り込んで、ロバは激しい痛みを露にしていた。駆け出そうにも駆け出せず、足を引きずりながら、土手の上をよたよたと逃げ出した。

男二人が後を追って駆け出した。マイヨションは大股だった。ラブイズはせわしく足を動かし、小男の速足よろしく息急き切って走っていた。

しかしロバは力を使い果たし、はたと足を止めて、自分を殺そうとする人間どもがやって来るのを狂おしいばかりの目で見ていた。

すると突然、首を突き出して鳴き声を上げた。

ラブイズは銃を構えながら肩で息をしていた。また走らされるのはかなわないと思い、今度は間近に迫った。

命乞いのように、また断末魔の叫びのようにロバが絞り出した痛々しい鳴き声が止むと、何かを思いついたラブイズが声を上げた。

「マイヨシュ、おい、姐さんや！　来いよ。こいつに薬を飲ませてやるんだ」

そして相棒が、きつく結んだロバの口をこじ開けようとしているうちに、シコは一見薬をやるような体勢で、銃身をその喉の奥まで差し込んだ。

それからシコは言った。

「おら、姐さん、気をつけろよ、下剤を入れるから」

そして引き金を引いた。ロバは三歩後ずさりすると尻餅をついた。立ち上がろうとしたが、ついに目を閉じ、横に倒れこんだ。毛が抜けた老いぼれの体全体がぴくぴく痙攣《けいれん》しており、走ろうとするかのように両脚が動いていた。歯の間から血がとめどなく流れていた。ロバはすぐに動かなくなった。事切れたのである。

二人の男に笑いはなかった。余りにも早くけりがついてしまい、拍子抜けしたのだった。

マイヨションが訊いた。

「なあ、こんな時間だが、こいつをどうするのか？」

ラブイズが答えた。

「心配いらねえよ、姐さん。舟に積もう。で、夜になったら面白いことをやるんだ」

二人はそこで舟を取りに行った。底に動物の死体を寝かせると、摘んできた草をその上に敷き詰め、そこに夜盗どもは寝そべり、まどろんだ。

正午頃、所々侵食した泥まみれの舟の中に隠している大箱から、ラブイズがワインの一リットル瓶とパンやバター、生の玉葱を取り出して二人で食べ始めた。

食事が済むと再び、死んだロバの上に横になって寝入った。

夜のとばりが落ちると、ラブイズは目を覚まし、パイプオルガンのようにいびきをかいている仲間を揺り起こして、強い口調で言った。

「さあ、姐さん、出かけよう」

そしてマイヨションは舟を動かしにかかった。時間がたっぷりあったので、セーヌ川をゆっくりと上っていった。白スイレンが一面に咲き誇り、水の流れる方に白い房をかしげた西洋サンザシの匂う土手に沿って進んでいった。泥の色をした重たい舟が、平らで大きいスイレンの葉の上を、滑るように通り過ぎていく。丸く、鈴のように真ん中が割れた青白い花々は、舟に倒されても、その後すっと元通りに起き上がっていくのだった。

サン・ジェルマンの森とメゾン・ラフィット公園とを仕切るレプロンの壁までやって来ると、ラブイズは仲間に漕《こ》ぐのを止めさせ、考えた計画について説明した。聞いていたマイヨションは、こみ上げる笑いをしばらく懸命にこらえていた。

男たちは死骸の上に載せていた草を水の中に投げ捨て、ロバの四肢を持って舟から下ろすと、茂みの中に隠しに行った。

それからまた舟に乗って、メゾン・ラフィットに到着した。

二人がジュールじいさんの店に入った時は、日が暮れて辺りは真っ暗になっていた。料理屋とワインの小売をやっているじいさんは、男たちの顔を見るなりそばに寄って来て、それぞれと握手すると一緒のテーブルに着いた。それから四方山話を始めた。

十一時頃に最後の客が出ていくと、ジュールじいさんは目配せしながらラブイズに言った。

「ところで、あれはあるかな?」

ラブイズはかぶりを振ると、ゆっくりと言った。

「あるかもしれねえし、ないかもしれねえ」

店主は執拗に訊いた。

「灰色のやつか？　灰色きりないんだろ？」

そこでシコはウールのシャツの中に片手を入れると、ウサギの耳を引き出して、はっきりと言った。

「こいつはつがいで三フランだ」

それからじっくりと値段の交渉が取り交わされた。二フラン六十五サンチームで話がついた。

そしてウサギ二羽が引き渡された。

密猟者たちが立ち上がると、様子をうかがっていたジュールじいさんが口を開いた。

「他にあるんだろ。それを黙ってるってわけか」

ラブイズが言い返した。

「そうかもな。でも、あんたには渡さねえ。がめついなんてもんじゃねえからな」

煽られた店主は詰め寄った。

「おい、大物か？　なあ、言えったら。取引しようぜ」

ラブイズは困った顔をして見せると、視線を交わしてマイヨションに相談するふりをした。そして落ち着いた声で答えた。

「かくかくしかじかでな。レプロンで待ち伏せしてた時のことだ。何やら動くものがいたんだ。そいつは壁の端まで行くと、左側の最初の茂みに入っていった」

「マイヨションが一発放つと、そいつは倒れた。でも俺たちは逃げたんだ。森番に見つかっちゃなんねえからな。そいつが何だったか言うわけにはいかねえ。だって、知らねえんだから。でかいっていえば、でかかったぜ。一体何だろうな。それを言っちまえば、あんたを騙《だま》すことになる。そりゃ、姐さん。こんなぶっちゃけたこと話すのは、他ならぬあんただからだぜ」

店主はどきどきしながら尋ねた。

「そいつは小鹿じゃないのか？」

ラブイズが答えた。

「そうかもしれねえな。でも、ほかのものかもしれねえしなあ。小鹿か？……そうだな……もっと大きかったかもなあ。雌鹿くらいあったかな。……待てよ！　雌鹿だなんて言っちまうわけにはいかん。なんせ、知らねえんだから。まあ、雌鹿ってこともあるわな！」

居酒屋のおやじは食い下がった。

「雄鹿かもしれないぞ？」

ラブイズは相手を制した。

「そりゃ、違う！　雄鹿かって言えば、雄鹿じゃねえ。間違いなく、雄鹿なんかじゃねえ。だったら角があるだろ。わかりそうなもんだ。とにかく、雄鹿じゃねえものはねえんだ」

「何でそいつを持って来なかったんだ？」

店主が訊いた。

「何でだって？　姐さん。そりゃ、俺たち、これからは即金で売ることにしたからさ。買い手はあるだろうよ。まあ、こういうことだ。買い手にそこいら辺を歩かせて、例の物を見つけたら、かっさらって来させる。こうすれば、こっちの身は安全ってわけさ」

居酒屋の主人は、心配そうな顔で言った。

「もう、そこにはなかったらどうするんだ？」

すると、ラブイズは再び相手を制して言った。

「あるにはある。きっとだ。誓うぜ。左側の最初の茂みの中だ。それが何だかは知らねえよ。雄鹿じゃないのはわかるが。そりゃ、違うに決まってる。後は、あんたがそこに行ってみればいいだけのことさ。さあ、現金二十フランで、この話に乗らないか」

店主はまだ踏ん切りがつかずに言った。

「お前さんがここに持って来てくれやしないか」

マイヨションが口を挟んだ。

「さあ、賽《さい》を投げるんだ。もし小鹿なら五十フラン。雌鹿なら七十フラン。この値でどうだ」

居酒屋の主人は腹を決めた。

「二十フランだな。よし、乗った」

そう言って、手を打った。

そしてカウンターから四枚の大きな五フラン硬貨を取り出し、二人の同志がそれを懐に入れた。

ラブイズは立ち上がって、ワイングラスを空けると店を出た。暗がりに入ると、後ろを振り返って言い放った。

「雌鹿じゃねえのは確かだ。でも何だろうな？　あることはあるんだ。もし見つからなきゃ金は返すよ」

それから闇の中に姿を消した。

後に続いたマイヨションはおかしくて仕方がないというように、仲間の背中を大きな拳で何度も叩いていたのだった。

VI　猫——アンティーブ岬にて

猫——アンティーブ岬にて

I

先日私は、陽の光が降り注ぐ中、アネモネの花咲く花壇を前に、戸口の前のベンチに腰掛け、最近出たばかりの本を読んでいた。珍しいことに真面目で魅力的なジョルジュ・デュヴァル作『樽屋』である。庭師の飼っている一匹の大きな白猫が、私の膝にとび乗ってきた。するとその勢いで本がパタンと閉じ、私はそれを脇に置いて猫を撫でた。

暑い日だった。咲いたばかりの花の香りが漂っていた。まだほのかなその香りは時折ふんわりと匂っては消えていった。また、遠くに見える、あの雄大な白い頂からは、冷気が下りてきて時々あたりをかすめていった。

しかし、陽差しは焼けつくように強烈だった。ちょうど、大地を掘り起こし生き返らせ、種子に裂け目を入れ、眠っていた胚の活動を促進させ、芽を膨らませ若葉を開かせるほど強烈な太陽だった。猫は私の膝の上で丸くなっていた。仰向けになって四肢を宙に投げ出し、爪の出し入れをしたり、口元には鋭い牙を見せ、ほとんどくっつきそうな両瞼の隙間から緑色の目をのぞかせていた。柔らかく神経質で、絹織物のようにしなやかで、すべすべしていて、温かく、愛らしい、そして危険なこの生き物を私はなでて遊んでいた。相手は喜んで喉をゴロゴロ鳴らし、こちらにかみつこうとしていた。というのも猫ってやつは、撫でられるのと同じくらいひっかくのも好きだからだ。猫は小首をつき出し、胴体をうねらせていた。私が撫でる手を上にあげると、猫は起き上がって、上げた手に頭を押しつけてきた。

私は猫をいらだたせていたし、猫もまた私をいらだたせていた。というのも私は心魅かれるが、信用ならぬこの動物のことが好きでもあるし、大嫌いでもあるからだ。この動物に触れるのも、絹のような毛にそってするすると手をすべらせ、この毛の中に、この上質で洗練された毛皮の中にぬくもりを感じるのも私には楽しいことだ。猫がまとっている生温かくてプルプルした毛皮のドレスほど手触りのよいものはなく、このドレスほど優雅で、上品で、類い稀な感覚を肌に感じさせるものはない。ところがこの生きたドレスに触れていると、撫でているこの動物の首を絞めてやりたいという、奇妙で残忍な欲望が指先に伝わってくるのだ。向こうにも私に噛みつきたいとか、ひっかきたいという欲望があることがわかる。そんな欲望が、霊力のように私に伝わり、感じ取れるのである。あの熱を帯びた毛の中に指先を入れると、その欲望が這い上がってくるのが感じられるのだ。私の神経を通り、手足を伝い、胸元へ、頭部へと。そして私の体の中に充満し、皮膚を伝わって走り、私はぐっと歯をくいしばる。そしていつも、この十本の指先に感じられるかすかなむずがゆい刺激が、私の体内に入り込んで、私を支配するのである。

もし猫がかみついたり、ひっかいたりしようとすれば、私はそいつの首根っこをつかんで、身体の向きを変えさせ、パチンコで石ころを弾くように遠くまで投げ飛ばしてやる。素早くそしてひどく乱暴に。仕返しする間など決して与えないのだ。

子どもの頃のことを思い出す。私はその頃から猫が好きであったが、この小さな手で猫の首を絞めてやりたいという欲望が不意に芽生えることもあった。それはある日の庭先でのこと。森の入り口で、いきなり、背の高い草むらの中で転げ回る何か灰色のものが私の目に飛び込んできた。近づいてみると、それは罠に掛かった一匹の猫だった。喉を締め付けられ、あえいで、死にかけていた。身をよじり、爪という爪で地面をかきむしり、跳び上がってはばたりと倒れ、ぐったりするかと思えばまた跳び上がる、その繰り返しだった。そのうち、息がぜいぜいと速くなり、水を汲み上げるような音を立てていた。そのおぞましい音は今でも耳に残っている。

鋤《すき》を持ってきて、罠を切ることができたかもしれない。使用人を呼びに行くか、父に知らせることだってできたかもしれない。しかし、私は何もしなかった。胸が高鳴っていた。ぞくっとするような残酷な喜びを抱いて、猫が力尽きていくのを見ていた。猫じゃないか！　これが犬だったら、一秒たりとも長く苦しませないように、罠の銅線をかみちぎってでも助けてやっただろう。

それから猫は死んだ。間違いなく死んだ。私はそばに行ってまだ温かい体をまさぐり、その尾を引っぱった。

II

それにしても猫は愛らしい。撫でてやると自分の体をこすりつけてきて喉を鳴らし、膝の上で丸まり、決してこちらを見ているとは思えない黄色い眼を向けてくるが、こういった猫の愛情表現には不安を覚えるし、あの喜びようには危しいエゴイズムを感じる。だからこそとりわけ猫は愛らしいのだ。

女に対しても同じような感覚を抱く。優しげで魅力的な、人を欺くような澄んだ眼をした女は、恋愛に身を任せようとして男を選り分けるのである。女が唇を突き出し両手を広げる時、男が胸躍らせて女を抱きしめる時、男が心地よい愛撫を受け官能的で快い悦びを味わう時、男はメス猫を抱いている気になるのだ。爪と牙をもったメス猫、裏切り者で腹黒いメス猫、この愛

見果てぬ夢に　まどろむがごとし
多産な腰は　魔法の火花で　閃《きら》めいて
金の小片は　細かな砂粒のかたちで
神秘の瞳に　かすかに瞬く星となる

III

ある日、私はオーノワ夫人の童話『白猫』に出てくる魔法の宮殿に住んでいるような奇妙な感覚に襲われた。それは、体をくねらせ、謎めいていて当惑させられる、恐らく音をたてないで歩く唯一の生き物と思われる、あの一匹の動物が支配する魔法の宮殿である。

あれは昨年の夏、ここと同じく地中海岸での出来事だった。

ニースはひどく暑かった。そこで私は、この地方の人々が一息つきに行くような涼しい渓谷が山中にないか尋ねた。

すると私にトーランの渓谷を教えてくれる人がいた。私はそこを見てみたくなった。

まず香水で有名な町グラースまで行かなければならない。この町については、一リットル二千フランもする、あの花のエキスやエッセンスの製造方法を交えて、いつか語る機会があると思う。私はその町の古いホテルで一夜を明かした。ホテルとは名ばかりのぱっとしない宿屋で、食事の質は、部屋の清潔さに劣らず怪しげなものだった。翌朝出発した。

道はすっかり山の中に入り込んでいた。深い渓谷に沿った道から見上げると、草一本生えていない、ごつごつした荒涼たる山々の頂がそびえていた。夏を過ごすのに何とおかしな場所を教えてくれたものだ。その日のうちにニースへ戻ることはできないだろうと諦めかけていた矢先、突然目の前に、谷全体をふさぐかのような山の上に、見事で巨大な廃墟が立ち現われた。崩落した塔と壁が空にくっきりと浮かんでいた。廃墟と化した城砦の建築様式は実に風変わりだ。昔トーラン地方を統治したテンプル騎士団のかつての館である。

この山を迂回していくと、緑に蔽《おお》われた清涼な心休まる谷が突然目に入った。谷底には草原があり、小川が流れ、柳の木が茂っていた。斜面一帯にはモミの木が空高く伸びていた。

館の真向かいの谷の低いところに、今も人の住んでいる城がそびえている。『四塔城』という名の一五三〇年頃に建てられた城であるが、ルネサンスの名残を垣間見ることは全くできない。

重厚で堅固な、見るからに難攻不落な四角形の建造物である。その名の通り、戦闘用の四つの塔に囲まれている。

私は館の主人に宛てた紹介状を持っていたので主人に引き止められてしまい、ホテルに帰してもらえなかった。

確かにこの谷にいると気持ちがよい。望み得る最高の避暑地であると言ってよい。夕方頃までその辺を散歩し夕食をすませると、用意された部屋に上がっていった。

まず古いコルドバ皮が壁一面に掛けられた、応接間のような部屋を通り抜けた。続いて別の部屋に入ると、ろうそくのほのかな灯火に照らされて、貴婦人の古い肖像画が数点、壁に掛かっているのがすぐに目に留まった。テオフィル・ゴーチエは、こうした絵について、次のように詠っている。

円い額縁の中に　愛しの君を見る
古《いにしえ》の時の　色あせた　美女の肖像
ほのかに淡いバラを　手にするとは
百年の花に　何とふさわしいことか

それから自分の寝室に入っていった。

私は一人になると、その部屋の中を見て回った。壁には古びた布が張られており、青い風景の奥にあるバラ色の主塔と、宝石の木の葉の下に幻想的な巨大な鳥が描かれていた。

化粧室は小塔の一つにあった。窓は、部屋の中では大きいが、日の当たる外側は小さくなっている。要するに壁の厚みを突き抜けると、窓ではなく銃眼にすぎないことがわかる。そこから敵を狙って殺したのだ。私は戸を閉め、ベッドに入り眠りこんだ。

夢を見た。人は昼間起きたことをいつも断片的に夢に見るものだ。私は旅行していた。宿屋に入ると、盛装した使用人とフリーメーソンの団員が暖炉の前の食卓についている。奇妙な団体だが私は驚かない。二人は最近亡くなったヴィクトル・ユゴーの話をしている。私もその話に加わった。それから、寝ようと部屋に戻ったのだが、戸が全く閉まらないのだった。すると突然、先の二人が手にしたレンガを武器に、私の目の前に現われ、そっとベッドに近づいてきた。

はっと目が覚めた。だが、意識がはっきりするのにしばらくの時間を要した。そして前日に起こったことを思い出した。トーランに到着し、城主に温かく迎えられ……。私はまぶたを閉じようとしていた。そのとき私は見た。確かに見た。夜中に暗闇の中で、寝室中央のほぼ人間の頭の高さに、炎のような目が二つ、私を見据えていたのだ。

マッチを取り出して擦ろうとする間に音が聞こえた。かすかな音だった。濡れて丸まった布切れが落ちたときのようにこもった音だった。しかし、マッチに火がついたときには、部屋の中央に大きなテーブルしか見えなかった。

私は起き上がり、部屋を二つとも見て回った。ベッドの下や戸棚も見たが何もなかった。ということは目を覚ましてからしばらくの間、夢の続きを見ていたということなのか。なかなか寝つくことができなかったが、また眠りに落ちた。

再び夢を見た。私はこのときも旅行していた。中東にある私のお気に入りの国を旅していた。私は砂漠の真っ只中に住むトルコ人の家に行った。立派なトルコ人だ。アラブ人ではない。太っていて親切で愛想のよい男だ。トルコ人らしい服装をしており、ターバンを巻き、絹織物の商品一式を背負っている。コメディー・フランセーズに登場する本物のトルコ人だ。立派なソファーに腰を下ろし、果物の砂糖漬けを差し出して私に挨拶していた。

それから小柄な黒人が私を寝室に案内してくれた――私の夢はいつもこんな風に終わるのだ――香水の効いた明るい青色の部屋で、床には動物の毛皮が敷いてある。暖炉――火にまつわる観念が砂漠にまでつきまとう――の前には、低い椅子の上に全裸に近い女が腰をおろし私を待っている。

まさに中東系の女だ。頬と額そして顎にも星飾りをつけている。パッチリとした目と、ほれぼれとするような肢体の持ち主だ。肌はいくぶん褐色だが、熱を帯びた肉感的な肌の色だ。

女は私を見ている。私はこう考えた。「手厚いもてなしとはこのことをいうのだ。ばかげた気取りといまわしい羞恥心、それにくだらない道徳心にこり固まった北の国々では、こんな風に外国人を迎え入れることはないだろう」

私は女に近づき話しかけた。女は私の国の言葉を一言も知らないので身振りで返事した。女の主人であるトルコ人の男はフランス語に精通しているというのに。無口でいてくれるのがうれしくなり、私は女の手を取りベッドに連れていった。そして寝ている女のそばに横になり……。それにしても、誰でもそうだがいつも肝心なところで目が覚めてしまう！　私も目を覚ました。何か温かく柔らかなものを、手で優しく撫でている感触があったが、大して驚かなかった。

やがて頭がはっきりしてくると、それは猫であることがわかった。丸くなったこの大きな猫は、私の頬に体を押しつけたまま安心して眠っていた。私は猫をそのままそっとしておいて、もう一度眠りに落ちた。

日が昇ると、猫はすでにいなくなっていた。夢を見ていたのだと本気で思いこんでいた。というのも、戸に鍵がかかった状態でどうして猫が部屋に出入りすることができるのか理解しえなかったからである。

愛想のよい主人にこの出来事（一部始終ではないが）を話して聞かせると、主人は笑い出し、こう言った。「猫は抜け穴から入ってきたのですよ」　カーテンをめくり、壁にあいた、丸く暗い小穴を見せてくれた。
　こうして私は知ったのだが、この地方の古い館ではほとんど例外なしに、細くて長い通路が、地下室から屋根裏部屋、あるいは女中部屋から領主の部屋へと、壁を通じて張りめぐらされている。猫は王様であり、この家の主なのである。
　猫は好き勝手に動き回り、気のむくままに自分の縄張りを見て回る。どのベッドでも眠ることができ、全てを見聞きし、家の秘密、慣わし、恥は何でも知っている。どこにいようと我が物顔で、どこにでも出入りすることができる。音をたてずに歩く動物であり、壁に開いた穴をくぐりぬけ、こっそりと徘徊する夜の散歩者である。

もう一つボードレールの詩を思い出した。

そはわが屋敷の　守り神
その支配下にある　万物を
裁き　取りしきり　そそのかす
そは妖精か　はたまた神か

Ⅶ 通夜

通夜

非の打ちどころのない一生を送ったかのように、女は苦しみのない静かな死を迎えた。今、ベッドに仰向けに、目を閉じ、穏やかな顔つきで眠っている。その長い白髪は、死の直前まで化粧をしていたかのように、丁寧に整えられていた。この大変安らかな、落ちついた、死を甘受した死者の青白い顔全体からは、どれほど穏やかな魂がこの肉体に宿っていたか、どれほどこの晴れやかな老女が曇りのない生を送ってきたか、この賢者がいささかの動揺も、みじんの後悔もない終りをどのように迎えたかが感じられたのである。

ベッドの近くでは、冷徹な判事である息子と、娘のマルグリット——修道名ウラリー——が膝をつき取り乱して泣いていた。二人は子どものときから母親に一徹な道徳を植えつけられ、一切の弱さを見せない宗教と決して妥協を許さぬ義務を教えられてきたのだった。息子は判事になり、法を振りかざし、弱い人間も出廷できない人間も容赦なく断罪している。娘はといえば、この厳格な家庭で仕込まれた徳がすっかり滲み込んだため、男性に嫌気がさし、神の元へ嫁いでいた。

二人は父親のことはほとんど知らなかった。詳しい事情はわからぬが、母を不幸にした、ということ以外は。

修道女は死者の垂れ下がった手に狂おしく接吻している。ベッドに横たわる偉大なキリストに似た、象牙のような手に。横たわった体の反対側では、もう片方の手が、「臨終者の癖」と言われる、何かものを探すような例のしぐさでしわくちゃになったシーツをまだ握っているようだった。布の小さな波のように、夜着にもそのしぐさの名残りがあった。永遠の不動に先立つ最後の動きを記憶に留めているかのように。

ドアを軽く叩く音で二人は涙に濡れる顔を上げた。夕食を済ませたばかりの司祭が戻ってきたのだ。消化が始まっているのか、司祭は顔を赤らめ、息を切らしていた。というのも、ここ何夜かの疲れに加えてこれから始まる寝ずの夜の疲れと闘うために、コーヒーにコニャックをたっぷりと混ぜていたのだ。

司祭は悲しそうだった、聖職者特有の例の偽りの悲しみで。聖職者にとって死とは商売道具の一つなのだ。司祭は十字を切ると、職業的なしぐさで近づいてきた。

「えー、我が子たちよ。共にこの悲しみの時を過ごすために参りました」

しかしウラリー修道女は突然立ち上がって言った。

「ありがとうございます、神父様。でも兄とわたくしは二人で母のそばにいたいと存じます。これが母を見る最後の時ですから。わたくしたちは、昔のように、三人一緒で、わたくし……、あたし……、あたしたちがまだ小さく、母が、この母が……」

修道女の言葉は続かなかった。それほど涙が後から後から溢れ、辛さに息を詰まらせたのだった。

ところが司祭は、清々したように頷いた。自分のベッドのことを考えていたのだ。

「好きになさい、我が子たちよ」

そして跪き、十字を切り、祈り、立ち上がると、ゆっくりと出て行った。「聖女でした」と呟いて。

亡き母と子の三人になった。見えないところで時計が規則正しい小さな音を刻んでいる。開いた窓から、物憂い月の光とともに干草と木の生暖かい匂いが入り込んでくる。外にはひき蛙の鈍重な鳴き声以外の音はない。ときおり夜光虫が銃弾のように羽音をたてて飛んできては、壁にぶつかる。やるせなさも神々しく、無限の平和が、平穏な静けさがこの死者を包み込み、死者から飛び立ち、部屋の外へ発散され、自然そのものをなだめているようであった。

とそのとき、先ほどから膝をついていた判事がベッドの布に頭を埋め、シーツと毛布の下から押し出すような、搾り出すような、引き裂かれたような声で叫んだ。「ママ、ママ、ママ――」

すると修道女は床に崩れ落ち、狂ったように床板に額を打ちつけ、てんかんの発作のようにけいれんし、身をよじり、身を震わせながら、うめき声を上げた。「イエス様、イエス様、ママ、イエス様」

二人とも苦しみの嵐に襲われ、息を切らし、喘いでいたのだ。

やがて徐々に危機的な発作も収まると、波立つ海で暴風が収まり、雨混じりの小凪となるように、二人はそれまでより静かに涙を流すようになった。

更に長い時間の後、二人は立ち上がり、愛しい遺体を眺めてみた。すると思い出が、昨日はあんなにも甘美であったのが、今日ではこんなにも辛いものになってしまった、あの遠い日々の思い出が蘇ってきた。亡くなった者を再生することになる、今まで忘れていた、自分と家族に関するどんなに細かいことまでもが思い出された。二人は思い出していた。もう自分たちに話しかけてくれることのない者が話してくれた状況を。その言葉を、微笑を、そして声の抑揚を。二人は改めて母を幸せで安らかだと思った。そして自分たちに言われた言葉を、そして母が大事な話をするとき、拍子をとるかのように、ときおり手を軽く動かしていたのを思い出していた。

今や二人は、これまで母を愛したことがなかったかのように、母を愛している。そして自分たちの絶望を推し量り、自分たちがどれほど母を愛していたか、自分たちがこれからどれほど打ち捨てられることになるのかを考えていた。

　僕たちの支え、導き手、青春そのもの、人生の晴れやかな部分そのものが消えていってしまうんだ。生とのつながり、母、ママ、僕たちを生んでくれた肉体、祖先との結びつきをもう持つことはできない。今や僕たちは孤独な者、孤立した者になってしまった。もう後ろを振り返ることはできないんだ。

　修道女が兄に言った。

「兄さん、ママはいつも古い手紙を読んでいたわね。ほら、あそこの引き出しの中にすべてあるわ。今日はあたしたちが読んであげましょうか？　今夜はママのそばで、ママの人生を振り返らせてあげるのよ。何だか十字架の道みたいね。ママのママとかあたしたちの知らないおじいちゃん、おばあちゃんを知ることになるわね。その手紙もあそこよ。ほら、ママったら、とてもよく話してくれたじゃない、覚えてる？」

　そこで二人は引き出しから、一通ずつ丁寧に重ね合わせて紐でくくられた十ほどの黄色い紙の小さな束を取り出した。二人はその聖遺物をベッドに投げ出すと、その中から「父」と書かれてある一つの束を選び、開いて読んだ。

　それは、どの家の古い書き物机の中にも見られるような大変古い手紙、時代臭のするような手紙であった。最初の手紙には「いい娘ちゃん」とあり、次には「我が愛しの娘」。更には「我が愛する子」や「我が愛する娘」とあった。突然修道女が大きな声で読み出した。死者にその歴史を、懐かしい思い出を再び読んで聞かせたのだ。判事の方は、ベッドに肘をつき、母を見やりながら聞いていた。動かぬ遺体は幸せそうに見えた。

ウラリー修道女は中断して、唐突に言った。

「これはママのお墓に入れてあげなくっちゃ。これで屍衣を作って、それでママを包んであげるのよ」

それから修道女は別の束を手にしたが、そこには差出人の手がかりになる語は書かれていなかった。そこで大きな声で読み始めた。

「愛する君へ。君のことを想うと、気も狂わんばかりだ。昨日からというもの、君のことを想っては地獄で焼かれる者のような苦しみを感じている。君の唇を僕の唇の下に、君の目を僕の目の下に、君の体を僕の体の下に感じるんだ。愛してる、愛してるよ！　君に狂ってしまったんだ。僕は腕を大きく広げている。君をもう一度抱きたいという無限の欲望に胸が締め付けられ、喘いでいる。僕の体全体が君を呼んでいる。君が欲しい！　君のキスの味が僕の口にはっきりと残っているんだ……」

判事は立ち上がっていた。修道女は読むのをやめた。判事は手紙をひったくり取ると、署名を探した。署名はなかった。ただ、「君を愛する者」という言葉の下に名前があった。「アンリ」親父の名はルネだ。ってことは親父じゃないんだ。そこで息子は、手早く手紙の束を探り、別の一通を取り出し、読んだ。

「君の愛撫なしには、もう僕は生きていけない……」

そして法廷におけるように厳しい表情で立ち上がって、無表情の死者を見下ろした。修道女は、像のようにまっすぐに立ち、目の隅に涙を浮かべて、兄を注視して待っている。兄は部屋をゆっくりと歩いて、窓までたどり着くと、闇夜に目を凝らして考えた。

振り返ると、ウラリーの目はもう乾いていた。しかしベッドのそばに、頭を垂れて立ったままだった。

兄は近寄ると、荒々しく手紙を拾い上げ、ごちゃごちゃにして引き出しに投げ戻した。そしてベッドのカーテンを閉めた。

日が昇り、一晩中テーブルの上で灯っていた蝋燭の光が薄らいでくると、息子はゆっくりと肘掛け椅子から離れ、椅子の向こうにいる断罪された母親を再び見ることもなく、ゆったりとした口調で妹に言った。

「さあ、引き上げよう」

あとがき

本書はNPO法人教育文化ネットワークによる「モーパッサン翻訳出版ワークショップ」の成果です（教育文化ネットワークについてはhttp://www.ecnet.nu/をご覧ください）『モーパッサン残酷短編集』という題名は訳者の一人、嶋田貴夫さんによります。

まず本書にも収められている「通夜」を課題としたオーディションを開き、参加者を決定しました。ワークショップ（月二回、一回につき三時間）では、二人で一つの作品を翻訳する共訳（他人と自分の訳を比べてみることは翻訳の勉強にとって大変有意義です）と、一人が一作品を翻訳する単独訳の二種類を行いました。翻訳作業は一月に一作品というペースで、一通り出来上がった翻訳は、時をおいてからもう一度見直し、推敲を経て、最終稿を仕上げました。翻訳する作品は、長さが同じくらいで、なおかつあまりよく知られていないものを何点か候補作として鈴木が選び、その中から各訳者に自分が翻訳する作品を選んでもらいました。

ワークショップでは、前以て担当訳者がメンバーの全員に訳文を電子メールで送り（電子メールを使えば時間と空間の制約を補うことができます）、それを元に教室で文法、解釈、訳語、訳文のリズムなど、様々な観点から全員で議論し、検討を加えていきました（具体的には本書所収の拙論「実践的翻訳論―どう読み、どう訳すか」を参照してください）。

名手モーパッサンのひと癖もふた癖もある作品ばかりですので、解釈や訳語の決定には大変苦労させられましたが、教室ではさまざまな意見が出て、活発な議論が交わされました。担当する訳者の訳文尊重を第一にして、文体などについて監訳者が強く主張することはありませんでした。訳者は皆教育文化ネットワークの翻訳講座で学んだ方たちで、翻訳に対する姿勢も積極的で、もともと力のある人ばかりでしたので、監訳者も教えられるところが多々あり、大変勉強になりました。

本書には、いい意味でも悪い意味でもモーパッサンらしい作品が集まっています。十九世紀末を生きた文豪の作品を楽しんでください。その魅力を十分読者に伝えることができたら、それは訳者の皆さんの力の賜です。

今回のワークショップに参加した訳者の皆さんが、更に研鑽を積み、ますます精進されますよう切に願っております。また監訳者として参加し、いろいろな調整に当たってくれた森佳子さん、教室を提供していただき、このような出版の機会を用意してくださった梨の木舎の羽田ゆみ子さんに深く感謝します。

監訳者を代表して　鈴木暁

二〇〇四年三月

モーパッサン残酷短編集

二〇〇四年四月一日　発行

監訳者　鈴木暁＋森佳子

訳者　石阪さゆり＋嶋田貴夫＋清水佳代子＋山本一朗

発行者　羽田ゆみ子

発行所　有限会社梨の木舎
〒一〇一-〇〇五一　東京都千代田区神田神保町一-四二

装幀＋本文フォーマットデザイン　加藤昌子

印刷所　石渡印刷株式会社＋株式会社厚徳社

製本所　株式会社厚徳社

ISBN4-8166-0403-0

監訳者

鈴木暁…すずきさとる
東京都生まれ。上智大学・大学院で仏文学専攻。
ギリシア古典のアラブ経由での
西欧への受容過程に関心をもつ。
ＮＰＯ法人教育文化ネットワーク副理事長
（語学・人文系講座担当）。
フランス語・ラテン語・アラビア語・イタリア語講座を開講。
論文「ラシーヌとアリストテレス」
「シモーヌ・ヴェーユ——行為の原点」など多数。
訳書『セネカ』（ピエール・グリマル著、白水社文庫クセジュ）

森佳子…もりよしこ
新潟県生まれ。国立音楽大学楽理学科卒。
パリ第四大学（ソルボンヌ）音楽学修士号取得。
パリ・スコラ・カントルム和声対位法科修了。
ＮＰＯ法人教育文化ネットワーク理事。
現在、日本大学非常勤講師。
著書『笑うオペラ』（青弓社）

訳者

石阪さゆり…いしざかさゆり
一九六四年二月生まれ。白百合女子大学文学部仏文科卒業。
フランス語学習歴は二十数年。
本書を、三月十日に交通事故で亡くなった愛娘の美樹に捧げます。
読書好きの彼女に酷評されることを承知で。
翻訳担当……「ロバ」、「猫——アンティーブ岬にて」（共訳）

嶋田貴夫…しまだたかお
一九六九年大阪府に生まれる。東京外国語大学仏語学科卒業。

製鉄会社の原料部門でフランス企業との取引に従事。

アテネフランセと教育文化ネットワークで翻訳を学ぶ。

翻訳担当……「マロカ——アルジェリアの女」、「猫——アンティーブ岬にて」（共訳）

清水佳代子…しみずかよこ
一九五二年生まれ。青山学院短期大学英文学科卒業。
七二年より商社勤務。八七年より六年間家族でパリに暮らす。
Institut Cathoriqueで仏語を学び、九三年Ecole de l'UCAD（装飾美術）卒業。
翻訳担当……「ベルト」、「モン＝サン＝ミッシェルの伝説」（共訳）

山本一朗…やまもといちろう
一九六一年上智大学外国語学部仏語学科卒業。

フランス企業の日本支社に入社、三六年間勤務ののち退社。

バベル、及び教育文化ネットワーク等で翻訳を学ぶ。

翻訳担当……「ためしてはみたけれど」、「モン＝サン＝ミッシェルの伝説」（共訳）

付　実践的翻訳論──どう読み、どう訳すか

翻訳はいったいどのように考えて進めていけばよいのでしょうか。ここではモーパッサンの短篇小説「通夜」を例にして、具体的に説明していきます。まず原文を挙げておきますが、説明の都合上、各段落の頭に番号をつけておきました。

LA VEILLÉE

［1］Elle était morte sans agonie, tranquillement, comme une femme dont la vie fut irréprochable ; et elle reposait maintenant dans son lit, sur le dos, les yeux fermés, les traits calmes, ses longs cheveux blancs soigneusement arrangés comme si elle eût fait sa toilette encore dix minutes avant la mort, toute sa physionomie pâle de trépassée si recueillie, si reposée, si résignée qu'on sentait bien quelle âme douce avait habité ce corps, quelle existence sans trouble avait menée cette aïeule sereine, quelle fin sans secousses et sans remords avait eue cette sage.

［2］A genoux, près du lit, son fils, un magistrat aux principes inflexibles, et sa fille, Marguerite, en religion soeur Eulalie, pleuraient éperdument. Elle les avait dès l'enfance armés d'une intraitable morale, leur enseignant la religion sans faiblesses et le devoir

sans pactisations. Lui, l'homme, était devenu magistrat, et brandissant la loi, il frappait sans pitié les faibles, les défaillants ; elle, la fille, toute pénétrée de la vertu qui l'avait baignée en cette famille austère, avait épousé Dieu, par dégoût des hommes.

[3] Ils n'avaient guère connu leur père ; ils savaient seulement qu'il avait rendu leur mère malheureuse, sans apprendre d'autres détails.

[4] La religieuse baisait follement une main pendante de la morte, une main d'ivoire pareille au grand christ couché sur le lit. De l'autre côté du corps étendu, l'autre main semblait tenir encore le drap froissé de ce geste errant qu'on nomme le pli des agonisants ; et le linge en avait conservé comme de petites vagues de toile, comme un souvenir de ces derniers mouvements qui précèdent l'éternelle immobilité.

[5] Quelques coups légers frappés à la porte firent relever les deux têtes sanglotantes, et le prêtre, qui venait de dîner, rentra. Il était rouge, essouflé, de la digestion commencée ; car il avait mêlé fortement son café de cognac pour lutter contre la fatigue des dernières nuits passées et de la nuit de veille qui commençait.

[6] Il semblait triste, de cette fausse tristesse d'ecclésiastique pour qui la mort est un gagne-pain. Il fit le signe de la croix, et, s'approchant avec son geste professionnel: "Eh bien ! mes pauvres enfants, je viens vous aider à passer ces tristes heures." Mais sœur Eulalie soudain se releva. " Merci, mon père, nous désirons, mon

frère et moi, rester seuls auprès d'elle. Ce sont nos derniers moments à la voir, nous voulons nous retrouver tous les trois, comme jadis, quand nous... nous... nous étions petits, et que notre pau... pauvre mère... " Elle ne put achever, tant les larmes jaillissaient, tant la douleur l'étouffait.

[7] Mais le prêtre s'inclina, rasséréné, songeant à son lit. "Comme vous voudrez, mes enfants. " Il s'agenouilla, se signa, pria, se releva, et sortit doucement en murmurant : " C'était une sainte."

[8] Ils restèrent seuls, la morte et ses enfants. Une pendule cachée jetait dans l'ombre son petit bruit régulier ; et par la fenêtre ouverte les molles odeurs des foins et des bois pénétraient avec une languissante clarté de lune. Aucun son dans la campagne que les notes volantes des crapauds et parfois un ronflement d'insecte nocturne entrant comme une balle et heurtant un mur. Une paix infinie, une divine mélancolie, une silencieuse sérénité entouraient cette morte, semblaient s'envoler d'elle, s'exhaler au-dehors, apaiser la nature même.

[9] Alors le magistrat, toujours à genoux, la tête plongée dans les toiles du lit, d'une voix lointaine, déchirante, poussée à travers les draps et les couvertures, cria : " Maman, maman, maman ! " Et la sœur, s'abattant sur le parquet, heurtant au bois son front de fanatique, convulsée, tordue, vibrante, comme en une crise d'épilepsie, gémit : " Jésus, Jésus, maman, Jésus ! "

[10] Et secoués tous deux par un ouragan de douleur, ils haletaient, râlaient.

[11] Puis la crise, lentement, se calma, et ils se remirent à pleurer d'une façon plus molle, comme les accalmies pluvieuses suivent les bourrasques sur la mer soulevée.

[12] Puis, longtemps après, ils se relevèrent et se remirent à regarder le cher cadavre. Et les souvenirs, ces souvenirs lointains, hier si doux, aujourd'hui si torturants, tombaient sur leur esprit avec tous ces petits détails oubliés, ces petits détails intimes et familiers, qui refont vivant l'être disparu. Ils se rappelaient des circonstances, des paroles, des sourires, des intonations de voix de celle qui ne leur parlerait plus. Ils la revoyaient heureuse et calme, retrouvaient des phrases qu'elle leur disait, et un petit mouvement de la main qu'elle avait parfois, comme pour battre la mesure, quand elle prononçait un discours important.

[13] Et ils l'aimaient comme ils ne l'avaient jamais aimée. Et ils s'apercevaient, en mesurant leur désespoir, combien ils l'avaient chérie, combien ils allaient se trouver maintenant abandonnés.

[14] C'est leur soutien, leur guide, toute leur jeunesse, toute la joyeuse partie de leur existence qui disparaissaient, c'était leur lien avec la vie, la mère, la maman, la chair créatrice, l'attache avec leurs aïeux qu'ils n'auraient plus. Ils devenaient maintenant des solitaires, des isolés, ils ne pouvaient plus regarder derrière eux.

[15] La religieuse dit à son frère : " Tu sais comme maman

lisait toujours ses vieilles lettres ; elles sont toutes là, dans son tiroir. Si nous les lisions à notre tour, si nous revivions toute sa vie cette nuit près d'elle ? Ce serait comme un chemin de la croix, comme une connaissance que nous ferions avec sa mère à elle, avec nos grands-parents inconnus, dont les lettres sont là, et dont elle nous parlait si souvent, t'en souvient-il ?"

[16] Et ils prirent dans le tiroir une dizaine de petits paquets de papier jaunes, ficelés avec soin et rangés l'un contre l'autre. Ils jetèrent sur le lit ces reliques, et choisissant l'une d'elles sur qui le mot " Père" était écrit, ils l'ouvrirent et lurent.

[17] C'étaient ces si vieilles épîtres qu'on retrouve dans les vieux secrétaires de familles, ces épîtres qui sentent l'autre siècle. La première disait : " Ma chérie" ; une autre : " Ma belle petite fille" ; puis d'autres : " Ma chère enfant" ; puis encore : " Ma chère fille. " Et soudain la religieuse se mit à lire tout haut, à relire à la morte son histoire, tous ses tendres souvenirs. Et le magistrat, un coude sur le lit, écoutait, les yeux sur sa mère. Et le cadavre immobile semblait heureux.

[18] Sœur Eulalie s'interrompant, dit tout à coup : " Il faudra les mettre dans sa tombe, lui faire un linceul de tout cela, l'ensevelir là-dedans." Et elle prit un autre paquet sur lequel aucun mot révélateur n'était écrit. Et elle commença, d'une voix haute : " Mon adorée, je t'aime à en perdre la tête. Depuis hier, je souffre comme un damné brûlé par ton souvenir. Je sens tes lèvres sous les

miennes, tes yeux sous mes yeux, ta chair sous ma chair. Je t'aime, je t'aime ! Tu m'as rendu fou. Mes bras s'ouvrent, je halète, soulevé par un immense désir de t'avoir encore. Tout mon corps t'appelle, te veut. J'ai gardé dans ma bouche le goût de tes baisers..."

[19] Le magistrat s'était redressé ; la religieuse s'interrompit ; il lui arracha la lettre, chercha la signature. Il n'y en avait pas, mais seulement sous ces mots : " Celui qui t'adore", le nom : " Henry". Leur père s'appelait René. Ce n'était donc pas lui. Alors le fils, d'une main rapide, fouilla dans le paquet de lettres, en prit une autre, et il lut : " Je ne puis plus me passer de tes caresses..." Et debout, sévère comme à son tribunal, il regarda la morte impassible. La religieuse, droite comme une statue, avec des larmes restées au coin des yeux, considérant son frère, attendait. Alors il traversa la chambre à pas lents, gagna la fenêtre et, le regard perdu dans la nuit, songea.

[20] Quand il se retourna, sa sœur Eulalie, l'oeil sec maintenant, était toujours debout, près du lit, la tête baissée.

[21] Il s'approcha, ramassa vivement les lettres qu'il rejetait pêle-mêle dans le tiroir ; puis il ferma les rideaux du lit.

[22] Et quand le jour fit pâlir les bougies qui veillaient sur la table, le fils lentement, quitta son fauteuil, et sans revoir encore une fois la mère qu'il avait séparée d'eux, condamnée, il dit lentement : " Maintenant, retirons-nous, ma sœur. "

はじめに――翻訳の前提

言うまでもなく、翻訳で最も大切なのは日本語です。しかしその前提として、原文の正しい読みと解釈がなければなりません。ところが意外なことに、このことはあまり意識されていないようです。あまりにも当たり前のことなのでわざわざ指摘する必要がないのでしたらよいのですが、原文の読みをなおざりにしたがために不正確な翻訳となってしまった例がよく見られます。

そのようなことにならないよう、私は翻訳に際して次の二点を意識するようにしています。

1．原文の正しい読みと解釈がなければ生きた翻訳にはならない
2．翻訳にとって必要な情報は必ず原文の中にある

まずこの二点を指摘して、以下説明を加えていきます。

文体の決定

翻訳を行う際、まず文体を決定しなければなりません。そのためには、原文を正確に把握することが大切です。

本篇は地の文と会話文から成り立っている短篇小説です。一読すると、淡々と物語を書き進めていることがわかります

ので、地の文は最も一般的な《である体》を使うことにします。一方会話文の文体は、各登場人物の特徴——職業、地位や生活環境など——、あるいは対話相手との関係などによって臨機応変に使い分けなければなりません。同じ人物でも、落ち着いているときと感情的になっているときなど、状況が変わってくれば文体も異なってきます。会話文の文体に関しては、それぞれの箇所で説明します。

翻訳の考え方と訳語の決定

それでは具体的な翻訳に進んでいきますが、紙幅の関係もあり、大事な点を指摘するにとどめます。しかし、これを知って実践するか否かで翻訳自体が生きも死にもする、そのくらい大切なことであるとご理解ください。

[1]段落では、まずirréprochableを訳します。どんな著者でも書き出しには大変気を遣うものですが、特に本篇ではこの語が重要です。と言いますのも、主人公であるこの死者の一生がまさにこの一語で表わされているからです。最初にこの語を訳せば、読者はこの視点で物語を読み進めていきます。ところが最後の最後になって「非の打ちどころのない一生を送った」女の真実の姿が暴露され、自分が厳しく育ててきた子どもたちに断罪され、見捨てられてしまうのです。このどんでん返しを効果的に表すためにも、最初にこの語を訳し、読

者に強烈に印象づけたい、というわけです。

モーパッサンは一つのことを的確に描写するために、三つの語句を重層的に用いることがよくあります。[1]段落でもsi〜queの構文にからめて三つの表現が見られます。このsi〜queの構文をどう解釈し、訳していったらよいでしょうか。例えばこの構文で使われているrecueillieとreposéeを仏和辞典で調べてみると、同じような意味であり、訳語をどう決定してよいかわかりません。仏仏辞典を調べることも無論大切ですが、辞書だけに頼っていてもなかなかうまい訳語は見当たりません。しかし生きた翻訳にするためには、各語の相関関係を見ていけばよいのです。つまりrecueillieは構文上âmeとcorpsにかかりますので、この二つの語に当てはめることのできる訳語を探さなければなりません。そこで本訳では「安らかな」という語を充てました。一方reposéeにはexistence sans troubleとaïeule sereineがかかっていますので、その両方の表現に使える訳語を探すことになります。本訳では「落ちついた」という訳語を採用しました。更にtroubleには「混乱、動揺」などの意味の名詞と「曇った」という意味の形容詞の二つの使い方があります。sereineは意味上troubleの反対語ですので、品詞にこだわらず反対語であることを考慮に入れ「この晴れやかな老女が曇りのない生を送ってきた」と訳しました。訳語を決定するのに構文と各語間の相関関係をどう考えていくのか、参考にしていただきたいと思います。

ところで何故この女がsageなのでしょうか。sageは構文上résignéeに関係があります。résignéeとは「天命に甘んじる」ことを意味します。すなわち「非の打ちどころのない一生を送」

り、天命に甘んじ（本訳では「死を甘受し」）、そのため、「いささかの動揺も、みじんの後悔もない終り」を迎えることができたわけです。穏やかで安らかな死に顔も、死の直前まで身繕い、すなわち死出の準備をしていました。つまり、神の元に召されるのに、何ら恥ずかしくない一生を送ってきたので、最後になってじたばたすることもなく、このように晴れやかな最期を迎えることができたわけです。これを本篇ではsageと呼んでいるのです。このsageは形容詞の名詞的用法です。形容詞にはいろいろの意味があり、特に女に対して「貞淑な」という意味もあります。従って「貞淑な女」と訳すと、後とのつながりもはっきりしてきますので、採用してみたくなります。確かにsecousses,remordsともに複数形ですから具体化を表しますので、死に臨んで具体的な男性関係で何ら動揺も良心の呵責も感じることがない、ととると、意味が明確になります。しかしながら[1]段落には浮気と特記できる話は出ていません。secoussesにしろremordsにしろ男性関係以外にも使える言葉です。そして全体の流れから見ると——無論男性関係をまったく排除するものではありませんが——先に述べたような解釈ができますので、ここでは「賢女」という訳を充てました。

更にこの[1]段落では、sansという前置詞の使い方と訳語の決定について見ておきます。[1]段落では、sans trouble, sans secousses et sans remordsと、sansの次に単数名詞と複数名詞が使い分けられています。言うまでもなく、抽象名詞の複数

は具体化を表しますので、たとえば、sans + 単数名詞を「〜なく、〜なしに」と訳すのに対し、sans + 複数名詞には「一切の〜もなく、みじんの〜もなく、いささかの〜もなく」などの訳語を充てると原文のニュアンスがよくわかります。

[2]段落では人物設定がなされます。inflexibles, intraitable, sans faiblesses, sans pactisations, sans pitié, austèreなど、二人の子どもの特徴が表されています。次の[3]段落と一緒に読めば、女手一つで十分すぎるほど立派に育てられたことがわかります。この人物設定が後の[3][10]段落の解釈で必要になりますし、まさにこうして育てられてきたからこそ、母親は最終的に子どもたちに見捨てられてしまうのです。つまり物語の結末の伏線としての役割を果たしているわけです。物語の出だしの部分から結末で重要な役割を果たすことが述べられていることは、本篇に限らず、構成のしっかりとした文章の読み方としても、大変参考になると思います。

[4]段落ではla religieuseという語との関係でchristという語が使われています。つまり宗教に関する語が相関的に使われているのです。この相関をつかんでも、確かに訳語の決定には影響を与えるものではありませんが、原文を正しく読むという点では非常に重要なことです。また死の床の母親を偉大なるキリストに比していることから、母への愛・尊敬の念が伺えます。[8]段落のdivine、[15]段落のchemin de la croix、更に[16]段落

の reliques も同じです。またこの[4]段落では死の直後の様子が詳しく描写されています。[1]段落での死者の表情に続き、この[4]段落では、握り締められた手や夜着の様子など、死の床の様子が、それこそ絵画を見ているかのようなタッチで描かれています。文学史上モーパッサンは、広い意味で、自然主義作家に属します。その自然主義作家の特徴の一つが、細部に至るまで的確に描写をする、ということですから、情景が目に見えるような訳にすることが大切です。

[5]段落から[7]段落にかけては、司祭の醜態が描かれています。cette fausse tristesse d'ecclésiastique, la mort est un gagne-pain, geste professionnelなど、敢えて意訳する必要はありません。gagne-pain など字義通り「飯の種」と訳したくなるかもしれません。訳語という観点からすると、三音節の原語を日本語三語で訳すのですから、「飯の種」は適切な訳語である、と考えられます。ただ、文体という観点からすれば、地の文が全体として冷静に描いていますので、地の文全体の日本語のレベル、いわゆる言語水準を統一する必要があります。つまり[5]段落から[7]段落にかけてモーパッサンは司祭の醜態振りを批判してはいますが、それは司祭の姿を通して、冷静な目で批判を加えているわけです。決して乱暴な言葉や不適切な罵声などを使っているわけではありません。こう考えると「飯の種」と訳すと、地の文なのに話し言葉に近い言葉を使ってしまい、少々この箇所だけが浮き上がっている印象を与え

てしまいます。何より問題なのは、冷静に批判することによって、その批判をより強烈なものにしようとするモーパッサンの意図とずれてしまうことなのです。

ところで主の祈りには「日用の糧」という文言もありますし、『聖書』には、「人はパンのみにて生くるにあらず」（「マタイ福音書 4-4」）ともありますので、gagne-pain は「生活の糧」と訳してもよいかもしれません（「糧」も「パン」もフランス語では共に pain と訳されています）。ただ本訳では、professionnelという語があることからその語と対応させて、敢えて「商売道具」と訳しました。その professionnel も意訳して「商売的な、商売人風の」という訳もよいかもしれません。ただここには「しぐさ」ともありますので、「商売的な、商人風の」と訳してしまうと、微笑を浮かべて揉み手で平身低頭して客に対応する商人の姿を思い浮かべてしまい、少々ピントがずれてしまうかもしれません。そこで「職業的な」と訳しました。

[6]段落には会話文があります。この会話文の文体はどうすればよいでしょうか。先にも述べましたように、会話文の文体は、すべてが一律になるのではなく、その話者や状況に応じて臨機応変にしなければなりません。これは修道女が司祭に語っているものです。そこで、この二人の関係に注目します。まずこの司祭の描かれ方を見ますと、終油の秘蹟は授けたのでしょうが、恐らく母親の最期の場面には居合わせな

かった――それも食事という理由で――でしょうし、食事から戻ってきてみるとアルコールのせいで顔を赤らめてさえいます。母親から厳しく育てられたウラリー修道女は、恐らくこのような司祭には幻滅したことでしょう。死者への冒涜と思ったかもしれません。しかし司祭と修道女は厳しい上下関係があるため、通夜の場に酔いで顔を赤らめて入ってくる司祭を強い口調で追い返すことはできません。そこで精一杯の抗議をするのです。このような場面は、感情を押し殺した、簡潔で冷ややかな文体で訳すと非常に効果的です。そこで「……と思います。……したいのです」ではなく、「……と存じます」という訳語を選びました。ただ、女の感情的・感傷的な面も出てしまい、最後には泣き出してしまいます。従って冷ややかな調子の部分と感情的になってしまった部分とを訳し分ける必要があります。感情的になってしまった部分は、原文自体が細切れで完結していませんので、訳文も同じように細切れにしてみたらよいと思います。本訳では初めの感情を押し殺した部分に「わたくし」と、後で感極まって泣き出してしまうところには「あたし」と訳し分けてみました。それから司祭の最後のC'était une sainteはいわば捨て台詞です。自分には到底及びもしない「聖女」を引き合いに出すことによって、平信徒に対する務めを放棄した後ろめたさを隠しているのです。原文は五音節ですので、日本語も同じくらいの長さがよく、sainte は「聖女のような女」「立派な女」などでなく「聖女」と訳して構いません。

次の[8]段落は[4]段落に引き続き、情景描写がなされています。molles odeurs, languissante clarté, notes volantes des crapauds, ronflement, mélancolie, silencieuseなどの語でやるせなさを醸し出しています。一方、[4]段落で愛する母親をキリストにたとえていましたが、この[8]段落ではdivine, sérénité, apaiser la nature、と母の崇高さを表しています。天命に甘んじて死を受け入れ、死出の準備としての化粧をしている。あの世に行くのに恥ずかしくない生涯を送ってきた女の姿です。確かに神の御前に赴くのに手ぶらではない、自分が恥ずかしくない生涯を送ってきたのみならず、女手一つで二人の子どもを立派に育て上げた、こうした生きた証しをもって神の御前にまかり出るのです。神々しさに死のやるせなさとあたりの気だるい雰囲気、この二つの要素が相まってこの段落が効果的に表されているわけです。[8]段落では、特に、divine mélancolieがわかりにくいかもしれません。しかし今述べましたように、崇高なる母親と死のやるせなさ、この二つの要素を一緒に表現したにすぎないのです。[1]段落でtroubleとsereineを品詞にこだわらず反対語という意味上の対立に注目して訳しましたがここでも「神々しいやるせなさ」と原文の品詞にこだわることなく、リズミカルな訳文になるよう「神々しさもやるせなく」と訳してみました。

ところで厳しい母親に育てられ、「弱さ」とは無縁であった息子の判事ですが、母親の死に直面し——司祭がいなくなり第三者に見られる心配がなくなったこともあり——[9][10]段

落では「弱さ」を見せてしまいました。娘の修道女も同じです。特に兄の判事は、[2]段落にありますように、冷血漢とでも言えるような厳しさをもって法廷に立っています。ところがそんな判事も一人の人間の「弱さ」を露呈してしまったのです。[2]段落にあったaux principes inflexiblesの原則が崩れてしまったのです。この落差を次の[11]段落ではcriseと表現していますが、[9][10]段落ではこの落差を強調するため、母の死を嘆き悲しむさまはやや大袈裟に訳した方がよいと思います。

一方の妹の方の激しい悲しみようをモーパッサンはcrise d'épilepsieと表現しています。[11]段落でも使われているこのcriseという語には「発作」「危機」などの意味があります。[9]段落では「発作」の意味で使われていますが、[11]段落ではどの意味でしょうか。[11]段落の主語が二人であることから、criseが兄にも当てはまることがわかります。妹の様子は「てんかんの発作のよう」とはありますが、兄には「発作」との説明はありません。ところで、一つの単語で複数の意味を表すことはよくあります。このcriseも実は、「発作」と「危機」の両方の意味を表しているのです。その悲しみようはまさしく「発作」のようですし、その一方で、厳しく育てられ、恐らくこれほど感情を露にしたことはない二人でしょうし、職業上・立場上、このような姿を見せたことはなかったことでしょう。その二人がここまで崩れてしまったのですから「危機」以外の何ものでもないのです。従って訳語もこの二つの意味を並列にするのではなく「発作」と「危機」の二語を含んだ日本語があれば

最もふさわしいのですが、それを見つけることはできませんでしたので、本訳では「危機的な発作」と説明的な訳語にしました。フランス語の単語が一音節であるので、日本語もできるだけ短い語にするのが望ましいですから本訳は、下手な訳であると言わざるを得ません。

さて、このような悲痛の嵐が過ぎ、兄妹は母親の死を現実のものとして受け入れることができるようになりました。それが[12]段落以降に書き表されています。[12]段落もいかにも自然主義作家らしい描写のしかたです。やはりここでも原文の内容が読者の目に浮かぶように訳していくことが大切です。

今、自然主義作家らしい描写、と言いましたが、自然主義に限らず、十九世紀の特に中ごろ以降の小説家たちに特徴的な文体が見られます。それが自由間接話法です。自由間接話法とは、登場人物の発話や思考を「……と言った」「……と考えた」などと述べる作者の介入を許さないことによって、直接的に読者に伝える手法です。モーパッサン、そして特にモーパッサンの師でもあるフローベールが多用していることは有名です。実はこの自由間接話法が[14]段落で使われているのです。つまり、母親の死という一大事件を最初はそのまま受け入れることができず、かなり取り乱してしまった兄妹ですが、悲しみを爆発させてしまってから、ようやく現実を見つめることができるようになりました。そして今は亡き母を落ち着いて見つめています。それが[12]段落最初の文に表さ

れています。そして今までの思い出が蘇ってくるわけですが、ただ感傷に耽っているだけはありません。冷静な気持ちで現実を受け入れることができるようになりました。[13]段落で、このような二人の姿が描かれています。その二人の気持ちを作者は「どれほど母を愛していたか」「どれほど打ち捨てられることになるのか」と、間接疑問文を使って描いています。この[13]段落は[12]段落での作者の描写と[14]段落の自由間接話法とをつなぐ働きがあるのです。つまり[13]段落の間接疑問文は、兄妹の感情を作者が代弁していて、次の[14]段落になると、直接二人の気持ちが表されるのです。確かに[14]段落だけを見れば、地の文ととることはできます。兄妹を二人まとめて表していることも自由間接話法にはそぐわない、とも思えます。しかし今述べてきましたように、全体の流れを見ていけば、[14]段落を地の文ととるよりも、自由間接話法ととった方が、はるかに深く正しい読みなのです。

さて、その自由間接話法の訳し方ですが、もともとは会話文であったものを地の文に組み入れたのが自由間接話法ですから、会話文と地の文とを絡めた訳にすることができます。本訳では、少々会話文に近くはなっていますが、主語を「僕たち」としました。文の終わりは「……なんだなあ」としてみたかったのですが、これですとちょっと間延びしていますし、まだ感傷に耽ったままという印象を与えてしまいます。これに対して「……なんだ」と断定調にすることによって、吹っ切れたような感じを与えます。そこで本訳では「……なんだ」

としました。

次の[15]段落は妹が発言します。先ほどは司祭に精一杯の抗議をした修道女ですが、兄に対してはどのような文体で訳しましょうか。ここではTu sais comme ……のcommeに注目します。このcommeは俗語法ですので、会話文全体を少々くだけた感じの文体にするのがよろしいと思います。無論兄と妹との間の会話ですからくだけた感じになるのは当然でしょうが、それ以上にくだけて訳しても構いません。そこで初めは「いつも古い手紙を読んでいたわね」ではなく、「……読んでたわね」と言文一致体に訳してみました。確かに音読してみれば後者の訳も一つの考えとして採用することはできますが、書かれた訳として考えると、少々行き過ぎで乱暴、と感じられます。そのようなことから本訳のように訳し直しました。

また同じ[15]段落、次の[16]段落では、[4][8]段落に続き、愛する母への想いからそれぞれ、chemin de la croix,reliquesという語が使われています。このことに言及したのが修道女であることからも、こうした宗教に関する語が使われているのですが、改めて指摘するまでもなかったかもしれません。

[17]段落も、[1][8][12]段落と同列で情景描写がなされています。やはり訳語・訳文は原文の構文にとらわれず、情景が目に浮かぶように訳すことになります。これも改めて指摘す

ることでもないと思います。

[18]段落にはラブレターが出てきます。この手紙はどう訳しましょうか。翻訳では会話文の訳が一番難しいが、普段自分が話している通りに訳せばよい、という指摘があります。それはその通りだと思いますが、ただ、あまりくだけすぎると自分以外の読者にはわからなくなってしまいますので、口語体もほどほどにしておかなければなりません。手紙の文面も同じです。普段自分が書いているように訳せばよいのです。会話だ、手紙だ、と意識してしまうと、おかしな日本語になってしまいますので。

[19]段落にも[14]段落に引き続き、自由間接話法が使われています。初めのうちは母親がいつも大切に読んでいた手紙を改めて亡き母親に読みきかせている、非常に温かい情景を思い浮かべることができますが、その手紙の文面で状況が変わってしまいます。かなりきわどい内容ですし、自分たちの知っている母親からは想像すらできません。しかもこうした手紙を亡くなるまで大切に保存し、何度も何度も読み返していたのです。そこで兄は署名を探します。そしてHenryの名を見つけます。そこで兄は思います「親父の名はルネだ。ってことは親父じゃないんだ」。実はこのLeur père s'appelait René. Ce n'était donc pas luiが自由間接話法なのです。自由間接話法は、地の文の中に登場人物の発話・思考を組み入れる手法ですから、地の文との区別がつきにくいことがよくあります。し

かし自分たちの知っている母親からは想像もできない内容の手紙ですし、それを亡くなるまで大切に保存し読んでいた。しかも差出人は父親ではない。その驚きがこの自由間接話法で表されているのです。これを地の文としてしまえば、それは作者の説明ですから、兄の心の内の一連の動きが作者の仲介によって中断されてしまうことになりますので、流れが不自然になってしまいます。またこの自由間接話法は、原文がそれぞれ七音節と六音節ですので、原文と訳文のリズムを合わせるためにも、日本語でも同じくらいの長さにするべきです。

[2]段落で設定された息子の人物像が、一旦、[9][10]段落で崩れました。ところが母親の浮気の証拠を知って、再び元の冷徹な判事の姿に戻ります。そして最後の[22]段落で、とうとう母親を断罪し、見捨ててしまいます。最後の息子の台詞は原文で九音節ですので、やはり日本語でも同じくらいの長さにするべきです。判事として罪人を断罪したわけですので、冷たくきっぱりとした口調が望ましいのです。そこで本訳では「さて、引き上げよう」としました。「さあて」や「引き上げるとするか」では、少々間延びしてしまいますし、判事の口調にはそぐいません。

最後に二人の子どもについて考えてみたいと思います。フランス語では兄か弟か、姉か妹かは、普通は区別できません。最初に、原文の解釈に必要な情報は必ず原文の中にある、と

いう点を指摘しておきましたが、この点で二人の関係を見ていきます。二人のことを書き表しているのは[2]段落が最初です。その[2]段落では、filsが最初で、次にfilleが書かれています。同じ段落の中ほどでは、今度はhomme,filleという順序で、年の差がわかるように単語が使い分けられています。[9]段落でも同じ順序です。この順番から、兄妹である、と推定できます。更に[19]段落でこの推定が正しいものであると判断されます。兄は妹の手から手紙をひったくり取りますし、妹の方は目に涙を浮かべて、兄の行動を注視しています。そして最後の断罪の台詞も兄が妹に言います。兄が常に妹をリードしている、と考えられます。そこで二人の子どもは兄妹と解釈するわけです。

最後に

最後に、訳文は是非音読してみることを薦めます。翻訳について、ただ横のものを縦にするのではない、と言いますが、やはり原文のリズムはできる限り訳文でも生かしたいものです。特に会話文では、一番最後の台詞で見たように、原文のリズムと訳文のリズムを合わせることが大切です。原文のリズムと訳文のリズムについて、いくつかの点について説明しましたので、参考にしていただきたいと思います。

そして、文体についても簡単に述べてきましたが、一つの文章の中で考えるのではなく、文章全体の中でどのような位

置づけにあるのか、これを考えることによって、生気ある文体を得ることができます。

今まで「通夜」を例に具体的な翻訳の考え方と進め方を説明してきましたが、この説明がよりよい翻訳のために生かされることを切に願っております。